竹简精神

林河题扁

胡竹峰作品

竹简精神

时代出版传媒股份有限公司
安徽文艺出版社

图书在版编目（CIP）数据

竹简精神/胡竹峰著.—合肥：安徽文艺出版社，2019.6
（胡竹峰作品）
ISBN 978-7-5396-6626-6

Ⅰ.①竹… Ⅱ.①胡… Ⅲ.①散文集－中国－当代 Ⅳ.①I267

中国版本图书馆CIP数据核字(2019)第053667号

ZHUJIAN JINGSHEN
竹 简 精 神
胡竹峰作品

出 版 人：朱寒冬
选题策划：韩 露　　　　　丛书统筹：岑 杰
责任编辑：韩 露　　　　　装帧设计：马德龙

出版发行：时代出版传媒股份有限公司　www.press-mart.com
　　　　　安徽文艺出版社　www.awpub.com
地　　址：合肥市翡翠路1118号　邮政编码：230071
营 销 部：(0551) 63533889
印　　制：安徽新华印刷股份有限公司　(0551)65859551

开　　本：880×1230　1/32　印张：7.875　字数：230千字
版　　次：2019年6月第1版　2019年6月第1次印刷
定　　价：48.00元（精装）

（如发现印装质量问题，影响阅读，请与出版社联系调换）
版权所有，侵权必究

前　言

　　枯坐案头，散记心绪日事乃至物产物理与风土风俗以及逸闻逸事之类。拉杂浑沌，不意成文，遂以短促零碎、散漫无章而录。只求简短清淡，不作大块文章。

　　长文如湖光山色，起笔冰雪消融，自高处泄下，一路写来，水波粼粼自指尖间而出。短制是溪水小石历历在目。世人求大，我独恋小，芥子是我的须弥山。虫唧咏泥土之歌，足音为空谷之响。

　　二〇一八年三月的最后一夜，圆月在天，玉兰满院，月光花色难辨，蚊声虫鸣乱耳，人在北京。

目录

游神马峰 / 001

湖边 / 003

烟雨记 / 004

月下 / 005

瓜下 / 007

上浮山 / 009

回忆一个少女 / 011

穿鼻子 / 012

下白龙川 / 013

夏热帖 / 015

《空杯集》跋 / 016

一天 / 017

大上人间 / 019

匠心之作 / 020

《墨团花册》跋 / 022

需要风 / 023

大可玩味 / 024

一直写 / 025

文章 / 026

追不回逝水年华 / 027

看人 / 028

两手空空 / 030

《邹书》与《列子》/ 031

腕痛帖 / 032

苦竹杂记 / 033

苦竹峰 / 035

小品文 / 036

小石头记 / 038

难入睡 / 039

冬夜想起杜鹏程 / 040

天窗 / 042

手稿 / 043

心境明朗 / 045

走洲 / 046

蠢文学 / 048

笔记 / 049

清白 / 051

质木无文 / 052

离歌 / 054

忙赋 / 056

木石 / 058

童年 / 060

五月之书 / 062

入帖 / 063

地气 / 065

该写点什么 / 067

《吉祥经》之余 / 068

骨相 / 070

磨盘灯 / 071

竹简精神 / 072

手生 / 073

少作 / 074

木鸡养到 / 075

神性 / 076

足衣癖 / 077

登秀峰塔记 / 078

序跋癖 / 080

文章癖 / 082

二九楼头 / 083

一呼即还 / 084

残蝉 / 085

夜航船 / 086

游府山记 / 087

游青藤书屋记 / 088

好文章 / 090

逆行文章之河 / 091

罗聘 / 092

西庐寺 / 093

吉祥 / 095

中国红 / 096

孤山 / 098

起云 / 100

混沌 / 101

走虫 / 102

游 / 104

作我书房 / 105

过汉函谷关 / 106

九华后山看月 / 107

回忆雪 / 108

五庙 / 109

寻味 / 111

枯荣 / 112

王气 / 113

手起刀落 / 114

浓淡 / 115

一卷星辰 / 116

仙气 / 117

以气灌之 / 119

嵇康打铁 / 120

雉尾生与捧剑奴 / 121

木奴家风 / 123

花是主人 / 124

游石林记 / 125

山河在 / 127

游屯溪老街记 / 128

天下白 / 129

怕也 / 131

奇崛 / 132

《梦笔生花》跋 / 133

酒风浩荡 / 134

大似后人 / 135

独望春风 / 136

骀荡 / 137

前天与昨夜以及今晨 / 138

登京郊无名山记 / 140

登长城记 / 141

手帖（二〇一〇—二〇一九）/ 143

手串记 / 160

食酒 / 161

脚忽痛 / 162

《金瓶梅》跋 / 163

闲笔 / 164

《中国文章》前记 / 165

富贵闲人 / 166

忽起文意而已 / 168

心如莲花 / 169

解脱 / 170

如意 / 171

独尊酒神 / 172

下笔有种 / 173

得橙札 / 174

若失自身 / 175

酒诰 / 176

元日试笔 / 177

梦神 / 178

凉 / 179

二〇一八年一月三十一的月蚀／180

立春大吉／181

静有神／182

新正帖／183

春迟帖／184

不扫／185

两株树／186

春食记／187

梅花闲笔／188

夕阳下／189

生气聚此／190

以散声色气也／191

游兴／192

夜行杨家岭／193

故有此记／194

逛山／195

风雨／196

塔里叭与麦鱼／198

茶书舍记／199

药苦／200

肉身／201

大块文章／202

画梦录 / 203

醉翁亭记 / 213

小石潭记 / 215

湖心亭看雪 / 216

人来不惊 / 217

还神汤 / 218

废园 / 219

人的影在水底浮动 / 220

前世一天夜里 / 221

见到了佛牙舍利 / 222

大孤寂 / 223

迷雾 / 224

见雪 / 225

群狮心惊 / 226

得神像记 / 227

过野村所见 / 228

游褒禅山记 / 229

后记 / 231

游神马峰

我乡西山有神马峰,极峻伟,硬朗雄浑,令人心惊。满目苍石草木,透着古朴与灵秀,薄雾淡淡绕在山间,太阳一照,越发显得清奇。

沿山脚慢行,过青石铺成的墁步,见一峡谷,便是马寨沟。时值初春,迎面而来的山风,犹自凉意沁人,紧了一下外衣。

入谷后,缘水上行百步,有石潭水平如镜。几只野鸭,扑棱一声飞走了。几片灰色的羽毛临空而落,渐渐飘到水面,顷刻,石潭复归平静。潭水深极,绿森森,寒气透骨,人莫敢目视。旁有小道,极窄,只得贴壁而行,眼不下观,徐徐挪步。

过石潭,路渐窄,峡谷逼仄,无法再上。于是返回登山,山极陡峭,拽小树杂草,手脚并用,一步步上爬。来到山腰,山势至此略略一缓,凹进些许。有三个大洞，上负绝壁，隐于山岚。这是旧时匪人躲避官府的场所，荒乱一片，然石桌、石椅、石床犹存。百余年来，人迹罕至，洞内潮湿阴冷。

出洞右行，上行二十余米登至山顶。山顶上炮台城墙遗迹犹存。清末时捻军败亡至此，以山为屏障，构筑此寨。狼烟已尽，昔人尽逝，一堆乱石无言。

二〇〇七年三月一日，岳西

湖　边

天热，手摸在水里，颇有热意。在树荫下歪着身子摇蒲扇，无所事事地看水，看山的倒影，看湖面蜻蜓乱舞。

摘张荷叶在头顶，眼前一片浓绿如伞。剥几粒莲子，颗颗粉白似米，送入嘴中，甜甜的，脆脆的。风来了，软软的、潮潮的，却又清清爽爽，带来水的气息。偶尔一只水鸟扑至，啄一小鱼，扬长而去，凝成一墨点，消失在蓝天中。

阳光洒下，湖水泛橘红色，迷离而妖媚。天边的云霞，火似的烧起来，风吹得乱乱地蓬松着。太阳终于下山，闷热的一天又过去了。归牧的老人和小孩，赶着牲口，影子映在水中。几户青瓦的屋顶，冒出炊烟，袅袅上升，从浓到淡，从淡到无，渐渐无影无踪。

二〇〇七年七月十八日，郑州

烟雨记

大雨如注，像筛豆散沙，打在脸上生疼，浇了人一头一身，睁不开眼。湖色空蒙，雨如滚珠，一颗颗砸在水面，激起一个个水泡。一千个滚珠，一千个水泡；一万个滚珠，一万个水泡，亿万个滚珠，湖面数不清的水泡。湖水沸腾，雾气如白纱，罩在湖面上。对岸的山不见了，心头隐隐有水光闪动。

乘一叶渔舟，单桨轻点，小船离了岸，湖水发出哗的一声响。双桨粼粼，生生犁出一条水沟，船刚过，水又弥合得无缝无隙，复归宁静。

一尾鱼从船边游过，伸手欲捉，却打一个水漂隐入深处。水面越发辽阔，山环着水，水环着船，船环着人。索性停了桨，那山、那水一齐向眼前拥来，一片又一片，心头生出无限欢喜。

二〇〇七年七月二十日，郑州

月　下

盛夏夜，沿着小溪散步，溪水明澈晶莹，渐渐变成亮银色。刚下雨，溪水涨了几寸，目光及处，断枝残叶在一个漩涡里，欲前不得，欲后不能。

月亮转过山嘴，光彩幽淡，如镂寒冰，清冷的月光从云端泻下来。恍惚间，身体似乎呈现出一种透明的状态。四周都是静止的。

溪涧的月光经过岸边竹林千枝万叶的过滤，只剩下一小块一小块银白色的碎片，穿过竹梢贴在小溪里，溪水又将月光反射到空中河堤上。溪中闪烁着散碎的月影。身侧大片的原野，融在晶莹澄澈的月光中。小树、水草、竹林、野花也与月光融成一体，镀了一层银边。

上行百余米，有一石潭，浸在水底的月亮银晃晃射出白光，引人入水中。卷起裤腿，伸脚入水，似有鱼儿或小虾游过，水中月化作无数小碎片散开。

河床凸处有一块青草地，碧绿的叶尖上，点点露珠闪烁着清冷的光芒。暑气消退，阵阵阴凉沁人。人在从竹林里筛下的满地光斑中，全身银光闪烁，明灭聚散。风吹来，竹杪一荡，一片斑驳就在草皮和溪面上稀稀拉拉婆娑相拥。

夜深露重，月色越来越浓，禾苗上飘浮着月光，溪流上跳动着月光，树林里闪烁着月光。溪水声微，似真亦幻。

二〇〇七年七月二十五日，郑州

瓜　下

在乡下，吃过晚饭，人就在瓜下乘凉。瓜是半生不熟的南瓜，或大或小，青兜兜，绿油油，光滑滑，明晃晃，悬在头顶，黄褐色的瓜脐像人的肚脐。

南瓜渐渐老成黄红色，远远望去，像大橘子，又像灯笼，满院挂着，拽得瘦一点的桃树承不起，枝头朝地，人砍根树杈撑住。这时的南瓜，做饭或者熬粥，不放糖，也有甜味，一股清香在鼻间萦回。

晌午时，铺张凉席躺在瓜下，山风拂面，草木庄稼的气息弥漫四周，怡然自得，渐渐入眠。睡到下午，从井底吊出放了小半天的西瓜，触手一股清泉的凉气，剖开隐隐有布帛碎裂声，一家大小哄抢而净。两三个邻居陆续来串门，煮茶闲语涮晚霞，南瓜架下话桑麻，这是独属乡居的福分。

如果是月朗星稀的夜晚，那就在瓜下遥观漫天萤火。大花猫匍匐在身边打呼噜，小狗在院子里嬉闹。喝一壶茶，热了，索性脱掉衣服，在凉床上精光地打滚。

清人省三子辑有《跻春台》四卷，《东瓜女》一章写道："路生洗澡出来，见东瓜下立着一人，细看才是土地庙后那个乞女。"路生之母遂将其领回家中，一番收拾，但见乞女"眉弯新月映春山，秋水澄清玉笋尖。樱桃小口芙蓉面，红裙下罩小金莲"。路生乐不自禁，当下二人结为夫妇。每每在瓜下静坐，想起以瓜为媒的百年好合，不由得多了几分遐思。虽彼瓜非此瓜，好在不管东瓜南瓜，总归是瓜。

冯其庸先生也是爱瓜之人，其书斋号曰"瓜饭楼"。瓜饭我喜欢，但瓜下更让人低回。

二〇〇七年七月二十八日，郑州

上浮山

山前有庙，中有僧人，不谈佛祖老庄，只言拜神烧香，讪讪而退。过庙右侧，见一深洞，入内前行，不出十米，漆黑一片，伸手不见五指，悚然生惧而返。洞口碑文介绍，此洞深远直达山之背面。

偌大的山岗，只有同游者与我二人。松涛腾浪，山风萧萧，恍有隔世感。拾级上行，来到仙人床，几块突兀而立的石头伸出山外。小心翼翼走上去，山下树木隔远了，微如草芥。临石独立，俯瞰山底，秋风吹来，森森然毛孔一收，不敢久待，遂退步还身。

最喜欢首楞岩内石桌，凿石为几，棋盘纵横其上，两旁石墙，雕刻无数，可饮可弈，可闲望山下诸峰。须臾上得山顶，几株残荷插于天池泥中随风摇摆。坐立在此，极目四顾，罡风滚滚，鼓荡衣袂飘摇。山下景色尽入眼帘，白湖浩渺，一木船在湖上划行，渔人在船头撒网，双臂在空中挥洒出刚强的弧线。人但觉翩翩欲浮，在白湖的浪花中。

天晚下山，踩着龟裂石，穿行竹林。身旁秋风吹树，落叶沙沙。身后石屋、天池、碑刻，在秋雨中默立。

二〇〇七年十月十二日，郑州

回忆一个少女

　　一个少女,骑自行车,温婉轻柔,白色的裙子斜靠在大架上。车轮碾转在地,发出辚辚的声音,轻得像小河的呢喃。风吹过,头发扬起,她走在竹林边的柏油路上。少年的眼睛亮了。

　　　　　　二〇〇七年十月二十日,郑州

穿鼻子

乡村教师走在路上,在田边停下。农人慢腾腾拉牛走上田埂,糊满泥巴的手在后襟上擦擦,从内袋掏出纸烟。两只红点一明一暗,忽闪忽灭,他们说着话。一人拿竹鞭,一人上衣口袋别有钢笔。

背靛蓝色书包的小小少年,走在田埂上,顺河而下。一群孩子面无表情地前后相拥,彳亍而行。今天入学,乡下人谓"穿牛鼻子"。

以钻子穿鼻,系上绳索,牛自此驯服,日落日息。

黑色的黑板,白色的白纸,青色的青草,泥色的泥田,绿色的绿叶。乡村教师走过,一群孩子如鸟兽四散。

少年挺背直腰,像树桩插在泥土里。黑色的茶壶盖头。一只黑鸟,站在树桩上,动也不动。

二〇〇七年十月二十二日,郑州

下白龙川

天一生水，水潜白龙，白龙已乘仙风去，此地空余白龙川。

一带清流，从峰岚逶迤而来，经白龙川处，山突兀拦腰一抱，水硬生生瘦了。一架平板桥，丈余长，横东西两岸。桥下有坝，挡一山溪水。凭栏临风，莹莹可视河底水藻。桥、水、枞树、翠鸟、荆棘、野菖蒲、细浪、游鱼，成一幅宋人工笔。

过桥，路旁俱是芭茅青石，穿行其中，到得川脚，扑面一凉。虫声如线，直钻耳孔。顺清流，踩石头，踏白沙，攀树枝，不多时已至川底。陡崖削立，苍苔幽幽，石色昏暗带些绛红，像隔夜普洱茶渍。一河山水从崖头倒灌而下，经岩石杂草的阻隔，落地时四散如断珠碎玉，泻入石潭。冰色的泉水切切地打在头上，山之涧，水之湄，与天地万物一同呼吸。

崖头杂木倒映水面，潭底沙砾在黛青色的水波下漾着白光，疑为白龙遗下的鳞甲。抓一把沙，从指缝间悄然滑落。水凉极，一道寒意顺着掌心轻轻流过，似能渗进肌肤。几只鸟从头顶飞过，其鸣反反复复，悠久不绝。水色清澄一如水晶，冉冉凉意透过身体，心事了然。

大麻鱼惊跃水面，空谷传音，格外清脆。

二〇〇七年十月二十九日，郑州

夏热帖

　　室内密不透风，抖汗如雨。带一本书去了渠边。河里有人抓鱼，林下有人打鸟，夕阳还是耀眼，寻荫避光，靠了棵树坐下。天热，渠底微现，草气淡了，夏风送来的泥腥味在四周萦回。回家时，夕阳西下，一切变得恍惚起来，波光粼粼中，抓鱼的长出金色的鳞甲，打鸟的长出灰色的翅膀。

　　　　二〇一〇年七月十四日，郑州

《空杯集》跋

  初见此书，回忆起当年初入学的光景，进得校门，到处长满了野草，什么都是新鲜的。大家兴奋地在校舍旁的小山上追赶嬉闹。蒲公英老了，只消轻轻吹口气，便在掌心乱舞开来，白哈哈一团。这白，正像手上《空杯集》的封面，白得能白手起家，也真是白手起家，这是我的第一本书。

    二〇一〇年十二月十日，郑州

一　天

　　天已大亮，先生高睡未起。日上三竿，先生依旧高睡未起。隔壁有人拖地，木椅子的腿脚与地板摩擦出吱吱的声音，像群猫嬉闹。窗外的老妪拖着身子，提着青菜，前面的小孙子活蹦乱跳。

　　先生的梦醒了。

　　没有烟，没有酒，先生看着窗外的走过的影子。

　　想做白日梦。天光刺眼，先生只好起床。

　　夫人不急不缓地走着，先生在一侧。

　　小湖里的野鸭红掌轻拨，先生想：鸭子是快乐的，你看它游来游去，自自在在。先生又想：鸭子是无聊的，只好一个人无聊地游来游去。

　　大喜鹊在草地上走来走去，觅食，散步。小麻雀在电线杆上伫步，飞累了，歇一会儿。鸟犹如此，人何以堪。

皖南腊月的一天，阳光很好，灿烂肆意在头顶咧嘴而笑，北风吹到身上，并不觉得冷。公园的花残了，草坪一片灰褐色，临岸的野葫芦枯了，像僧人的禅画。

岸边柳树拖着丈来长干枯的穗子，和水中影子对望。玫瑰花、牡丹花、苦菜花早就开过。绿的只有树。绿树荫下，碎瓷片凌乱，昨夜有雨，树根处，泥土湿润。水面很静，一鸟掠过，击起鱼鳞般的波纹，不断漂荡，及至于无。人看了，心里快活。

二〇一一年二月十二日，安庆

天上人间

下雨的缘故，徽州的婉约宁静多了几许慵懒。有人在竹林深处挖笋，有人在桥边小店躲雨，有人在屋檐下东张西望，有人打着伞歪斜着赶路，目不斜视，胶鞋在青石板上踩得噼啪响。

远方的茶园，影影绰绰晃动采茶人的身影。山林清逸的气息四处浮动，盈怀满袖。竹林丛中，山鸡野鸟，忽上忽下。

中午吃饭，汤盆里春笋袅起的清香与窗外雨、徽州的雾霭一体，连成天上人间。

二〇一一年四月二十二日，安庆

匠心之作

感冒了。昨天中午和衣而眠,本打算闭目养神,岂料恍惚入了梦乡。迷迷糊糊,一个喷嚏惊醒梦中人,感冒了。好久不曾感冒,我感冒是不吃药的。小病是福,有人熬药,有人熬糖,我熬病,你们熬拜吧,拜天拜地拜金拜权拜名拜色。

盼感冒如盼雪,冬天快残了,还见不到雪的踪迹,急急如团转。最近太忙,有人散文要我看,有人小说让我看,有人随笔让我看,有人让我写序,有人让我作评。看书写作,都是分内事,奈何状态不佳,对这些都不感冒,只好自己感冒。喷嚏连连,我就写作,打算用写作来抵抗感冒,曾经写过:

在药价高涨的当下,请允许我用文字给自己疗伤。(录自《青瓦杂抄》)

意思到了，但太矫情，人在年轻的时候，情太多，容易矫情。修改为：

在药价高涨的当下，我用文字疗伤。

文字简练了，还是矫情，口气似乎重了，好在口感淡了点。不改了，一字一句，得失寸心，淡了毕竟悠远。近来烧菜，盐放得少，不是为了让菜的味道悠远，而是之前口味实在太重。去年夏天，在朋友家烧菜，他一尝，太咸了，我还一直以为清淡。

今天是南方的小年夜，每逢佳节倍思亲这样的情绪已经没有了。中午，同事喊吃饭，走在路上，我说："人在青年的时候心很硬，今天小年，居然一点都不想家。"这几年，一近年关就下雨，以致一逢雨天就觉得仿佛过年。我把每一个大年当雨天过，我把每一个雨天当大年过。独在异乡为异客，独在故乡为异客。

感冒了，以为能写点什么，文思泉涌，谁知道涌出来的只是喷嚏，喷嚏连连。心猿意马，匠心之作而已。

二〇一二年一月十七日，安庆

《墨团花册》跋

写作的时候,感觉像磨墨,慢慢地,一圈又一圈,把岁月和时光磨走了。墨团泛花,多少时光轻漾,少年不在了,青年不在了,中年不在了,瞬间进入老境。

理想中的书像花名册,一篇篇文章干干净净在纸上不喧不哗。我喜欢墨团,尤爱石涛"黑团团里墨团团,黑墨团中天地宽"的句子。黑里乾坤,乱中取趣,是以此书名为《墨团花册》。《空杯集》,空悲切,莫等闲之类的话说一次就可以了,不能老挂在嘴边。

近来作文极慕平易自然的境地,希望写出粗茶淡饭一般的滋味。大餐是你们的,我偶尔去做客。这些文章是我笔下的好汉,他们打家劫舍,他们杀富济贫,他们肝胆相照,他们喝酒吃肉,他们失意,他们得意,他们耍枪弄棒,他们笑傲江湖。他们是我的。

二〇一二年五月六日,安庆

需要风

今天下午，文思枯萎。枯若秋天的野草，萎似霜打的瓜蔓。想作两篇文章，终于没作成。这几年，我写作从来是等文章上门，而不是赶文章上架。今天下午，文思枯萎。文章的手指叩门不止。咚咚咚，呵呵呵……以为文章来访，开门出去，白花花骄阳一片。于是，回房修改旧作。

冯雪峰《真实之歌·风》中有云：

> 风啊！它岂但吹走山野的枯萎，而且使山陵显出稀有的妩媚。

二〇一二年六月十八日，安庆

大可玩味

乡邻送张中行自产的大南瓜,老先生舍不得吃,摆在桌子上清供,看了好几天。此举大可玩味。

有雨,客至,在巷子深处的酒楼,饮茶,喝酒,作准风月谈。此举大可玩味。

深夜,走在路灯下,夜色昏昏,灯影暗暗,人影淡淡。此举大可玩味。

某年某月某日某个下午,繁忙间隙,胡竹峰写《大可玩味》。此举大可玩味。

二〇一二年六月十八日,安庆

一直写

可以这样读：一直写。

可以这样读：一直，写。

写并不重要，重要的是一直写。

一直写一直写一直写一直写。如此而已。

还可以这样读：一，直写。

更可以这样读：一，直，写。一，一心一意；直，直指人心；写，写作。文章的事，如此最好，如此真好。

二〇一二年六月十八日，安庆

文　章

两种文章：不忍释卷，不忍展卷。

还有两种：不罢不休，不罢也休。

二〇一二年六月二十六日，安庆

追不回逝水年华

　　少年在爬满青苔的土墙下吹肥皂泡。一颗，一颗，又一颗，一颗颗连成串，在空气中、阳光下，五颜六色。须臾，破碎，它们随风而逝，和少年一样，追不回逝水年华。

　　　　二〇一二年八月十三日，安庆

看　人

旅客的面孔似乎都是一致的，偶有例外：孩子们总是兴高采烈、活蹦乱跳，恋人们柔情蜜意，大部分人的表情还是千人一面。

去东北看人，看关东大汉。我想，谁是当年的挖参人，谁是当年的流放者，谁是当年的刀客，谁是当年的旗人。

去西安，走在人流滚滚的街头，你们都是先秦子民啊，心里对迎面而来的一些面孔说。我更喜欢看兵马俑，一张张面孔，他们是我们的先人。

去山东，亦步亦趋。当地的朋友吃什么我吃什么，他们看什么我看什么，这里是孔子的故乡。

去一些城，看到很多机器人。不是说他们是真的机器人，而是表情的生硬与木板，有金属的质感与色泽，仿佛机器人。

小镇上，三三五五的阿婆拿个菜篮子，颤颤巍巍走在河岸边，小脚一步一步迈着，一点一点地挪动，顿觉时光温柔了许多。

去香港，看人来人往；在乡下，看负暄闲话。

澳门街头看到写满颓靡的很多张脸，尤其是下雨，走在小巷里的一张张面孔，越发显得颓废，颓废中多了古雅与香艳。

颓废。古雅。香艳。让我念念不忘。

二〇一二年九月二十四日，安庆

两手空空

弥天大雾，一个人的影子渐行渐远。童年长成少年，少年变成青年，写青年走进中年，倏而就是老年。那人衣衫上密密麻麻有各类文字……

人影垂手而行，两手空空。

二〇一二年十月二十七日，安庆

《邹书》与《列子》

秋雨淅沥，想起前天晚上的梦：四周混沌仿佛盘古开天辟地之前的世界，迷蒙蒙虚实难辨。一个身穿淡灰色衣衫的青年抱书而行，时行时飞，怀中一本《邹书》、一本《列子》，那情景有些像庄子《逍遥游》。洋洋乎，荡荡乎，梦醒了，窗外天光大亮。

《列子》至今没读过。《邹书》者，此前一无所知。西汉邹阳被谗下狱，于狱中上书梁王申冤，因而获释，后人遂以"邹书"为上书鸣冤之典故。为何入我梦中？真是奇怪。

二〇一二年十月二十九日，安庆

腕痛帖

  手腕忽痛，不知风寒所致还是损伤。关节伸展僵硬一周有余，不便写作，身体告诉我，文章不可贪得。歇歇也好。刚从老家归宜，友人心细情重，赠麝香镇痛贴一盒。今日冻风瑟瑟，白炽灯下读闲书，紫砂壶内泡普洱。晚餐吃的是荠菜鸡蛋面，青绿近翠，黄润似金，白者如玉，入口颇筋道。冬夜回春，一室风暖，体内草长莺飞。饭后轻揉腕寸半小时，痛楚稍止。

        二〇一三年一月三日，安庆

苦竹杂记

去朋友家吃午饭，进得小区，心生安静。抬头看见墙上挂着"碧竹园"字样，碧竹之园，天下之竹皆是碧色。

苏东坡画过红竹，称为"朱竹"。兴致突来要画竹，案头无绿便研朱。人说此物不曾见，答曰：世间何见墨色竹？

红色的"朱竹"在画廊见过，总觉得格调不高。绿色的竹子，山林里看看就可以了。以竹入画，还是墨色为上。

碧竹，红竹，墨竹，有没有叫作胡竹的？胡竹是我胡诌的，苦竹倒见过不少。周作人有本书叫《苦竹杂记》，是他五十岁左右的文章，寓悲悯于简练淡远中，是了不起的性情之作。读周氏兄弟文章，越发对自己的写作不满意。天下好文章被周家人作光了，如今只有一桌残茶剩饭，幸亏有些菜没端上来，这是后来者的运气，抓紧吃吧。

咳嗽的时候，喝一点苦竹沥。枇杷露太甜，仿佛糖水，加了川贝越发像糖水，小时候喜欢，现在不喜欢了。

朋友客气，知道我爱吃鱼，专门买了两条鱼配萝卜丝做成羹汤，放老抽生姜红烧。喝着鱼汤，吃着鱼块，心里真是愉快。坐在客厅吃饭，吃家常饭；喝茶，喝武夷茶。前不久去南方，见过"武夷山"的指路牌。

二〇一三年一月十五日，安庆

苦竹峰

朋友小女,念不清"胡竹峰"三字,每次说我的名字,听在耳里,总觉得是在喊"苦竹峰"。如今文章衣饭,也真是辛苦,尽管好的文章是不能辛苦的。尽管好的文章是不辞辛苦的。一团文气一团柔软,一团文气一团柔软的背后却需要写作者不辞辛苦。

写作本是呕心沥血的事业,近来常觉疲惫,不敢太用功,转而读书,不能太苦竹峰。

二〇一三年一月十六日,安庆

小品文

写了一组随笔，长达万言，短的也有千字。好久没写过小品文，作长文章酣畅淋漓，但我更喜欢小品文，性灵不可泯灭。生活里沉重太多，写小品文是给身体松骨。古玩文物，山川草木，花鸟虫鱼，人世清欢，闲情乐事多些不坏。

鲁迅先生《小品文的危机》有云："唐末诗风衰落，而小品文放了光辉。但罗隐的《谗书》，几乎全部是抗争和愤激之谈；皮日休和陆龟蒙自以为隐士，别人也称之为隐士，而看他们在《皮子文薮》和《笠泽丛书》中的小品文，并没有忘记天下，正是一塌糊涂的泥塘里的光彩和锋芒。"抗争和愤激是人的一面，淡然与从容也是人的一面。把生活过得有滋有味，充满情趣，是人性本色之一。小品文有三种：

一种小得盈盈一握；

一种品出弦外之音；

一种文气风雅可人。

　　　　二〇一三年一月二十一日，安庆

小石头记

一枚印章跌落在地,摔坏两只角,顿成奇品,巧夺天工。奇品可遇不可求。桂林的山是奇品,突兀拔地而起,怒发冲冠,有复仇气。前几年,友人千里迢迢从兰州带来一石。石头呈灰白色,椭圆形,长不及十寸,中有黄色斑纹如水墨画,像孔子问道挥手自去。石上孔子着长袍,拱手拜别,沉思若有所得。老子葛衣麻服,手拄藤杖,肃穆而立,长髯在夕阳下衰老成了传说。今得此石,蒙二贤护佑,下笔或可多得文章之味也。

二〇一三年一月二十二日,安庆

难入睡

晚饭后无事，倒水泡脚，放了点橘皮。泡脚本是俗事，放上橘皮，倒有些雅趣了。淡黄色橘皮泡在水里，像昏黄斑驳的路灯。窗外有雪，雪片碎碎密密，东摇西晃，喝醉了似的。天这么冷，真需要点酒。刚刚从外面喝酒回来，但没有酒意。酒被他们喝了，我灌了两壶茶，喝多了，难入睡。

二〇一三年一月二十二日，安庆

冬夜想起杜鹏程

突然想起杜鹏程，写《保卫延安》的那个陕西作家。

看过《保卫延安》，波澜壮阔中有一花一叶之细，细节处理上很见功夫。前些时候重读《创业史》，梁生宝买稻种一段写景格外好："春雨唰唰地下着。透过外面淌着雨水的玻璃车窗，看见秦岭西部太白山的远峰、松坡，渭河上游的平原、竹林、乡村和市镇，百里烟波，都笼罩在白茫茫的春雨中。"这样的描写有无华之美。

无华之美，是大境界。

杜鹏程的作品，我还看过一部中篇《在和平的日子里》，我更喜欢短篇《夜走灵官峡》。于是用脑子背诵文章，记得是这么开头的："纷纷扬扬的大雪下了半尺多厚。天地间雾蒙蒙的一片。我顺着铁路工地走了四十多公里，只听见各种机器的吼声，可是看不见人影，也看不见工点。"

杜鹏程的文字是工笔画：

> 发电机、卷扬机、混凝土搅拌机和空气压缩机的吼声，震荡山谷。点点昏黄的火球，就是那无数的电灯。看不清天空里蛛网似的电线；只见运材料的铁斗子，顺着架在山腰里的高架索道，来回运转。

《夜走灵官峡》写于二十世纪五十年代末，小说中的成渝如今是老汉了。而写小说的杜鹏程，一些人几乎不知道他是什么鸟了，即便知道，也把他看成"笨鸟"，文学沙滩百鸟翔集。

陕西我不熟悉，陕西作家认识不少。有年去黄河边，洪水滔滔，脑海中想起"大水走泥"四个字。陕西一些作家，出手经常是混沌而伟大的作品。黄土高原不长树木，专长文学。

二〇一三年一月二十二日，安庆

天　窗

从前乡下砖墙瓦屋，房子建在一起，内室开天窗采光。儿时所见天窗，用透明的玻璃瓦安在屋顶上。每天醒来，躺在床上看着屋顶，看着天窗。倘或晴天，天窗里垂泻而下的阳光，丰腴、新鲜、艳丽，总有一些美好的情绪在心里升起来。

锺叔河先生告诉我说，他小时候见到的天窗，是在人字形屋架两面坡屋顶的背风坡上开一豁口，另支小屋顶以遮雨，对外的口子以平板遮蔽，板可活动，上系一绳；需要采光时拉开，冬天或暴雨时则可关上。这样的天窗不仅采光，而且能出气，更有手工的朴素。

今天南方下雪，岁末年关的雪。想起少年时睡在被窝透过天窗看雪的辰光。

二〇一三年一月二十五日，安庆

手　稿

　　电脑的普及，手稿几乎销声匿迹。汉字线条一律统一，汉字结构一律统一，汉字气息也一律统一。显示屏上的方块字，干净、体面，只是没有私人性。写作快十年，没留下一篇手稿。手稿在当下已不是作家的产物，像是古董。

　　前些时有家文化单位说要收藏我的手稿，找来找去，只有几封写坏的旧信封与一封没有邮寄出去的信件，真是对不起得很。有年在郑州，一位搞收藏的朋友要存我的手稿，用钢笔抄了篇文章，整整四页，可惜写在打印纸上，至今让我耿耿于怀。

　　买过不少作家手稿，当然是影印本。闲来无事，翻翻鲁迅、巴金、老舍、朱自清诸人手稿本文集，有微火烤手之美。

　　影印本惠及手稿的同时，也给手稿"做了手术"，几十年前出《红楼梦》抄本，胡适批注题字未见踪迹。

从作家手稿看出一点性情，能满足我对手稿书写者的好奇。有回在朋友家看卞之琳先生的几十封家书，字写在米黄色的薄信纸上，细小纤弱，像蚂蚁搬家，密密麻麻尽是写信人劫后余生的小心翼翼与诗人骨子里的纤弱敏感与自尊，在家长里短的一字一句中，让人平添了一股惆怅。

我最喜欢毛笔字手稿。

墨香已逝，手稿犹在。

二〇一三年一月二十八日，郑州

心境明朗

晨七时起床，心境明朗。

吃早餐的时候，一只喜鹊立在厨房窗户雨棚上叽喳喳空鸣，侧耳听了片刻，不知道它在叫什么。唯心境明朗。

心境明朗，今日天气亦好，晴空无云。

二〇一三年二月二十六日，安庆

走　洲

　　和悦洲的名字好,《说文》:"和,相应也。"《广雅》:"和,谐也。"《说文系传统论》:"悦,犹说也,拭也,解脱也。若人心有郁结能解释之也。"新年出行,找个好地方,兆头好,让笔顺一点。写作是我谋生的手段,文人难当,腰无万贯家私,腹内漆黑一团,不知道才高几何,凡事得讲究些个。

　　友人去采风,准备写本新书。我纯粹玩玩,打秋风的。时令是春天,打春风吧,秋风萧瑟,干瘦瘦的,不实惠。晚饭吃到野生甲鱼,果然比秋风实惠。

　　和悦洲四面环水呈圆形,似荷叶漂浮水上,原名"荷叶洲",历来是商埠重地。生意人讲究吉利,遂改名"和悦洲",和气生财。

　　第二天到处转转,拐弯,再拐弯,路边有水,初春的气息从窗外挤进来。看见一座寺庙,山门开阔,一僧人走出来接我们。庙里一些题匾，书法甚好。

在寺里转了片刻，去老师太静室喝茶聊天。老师太神色平静，修行了一辈子的人，气息与凡俗不同。

出寺后去天主教堂的遗址看了看，只剩下一个大门。破败比完美好，尤其是古建筑，翻新的亭台楼阁远不如一地瓦砾耐人寻味。和悦洲上的破墙残垣是时间散落的一地碎片。

在小镇走走，感觉十分有烟火气息。

街边不少卖菜人，摆一张木桌子，或者放在挑子里，有人索性把菜摊在地上。芫荽，茼蒿，野芹，鸡鸭鱼肉。回家时，带了一条干枯的丝瓜，准备请画家焦墨写生一幅，题上"今年树上挂着去年的丝瓜"。同行的人是黄复彩、张亚峰、魏振强。二〇一三年三月十日追记。

蠢文学

某年某月某日和某诗人聊天,谈到了文学,他不断谈蠢文学。

问:文学还分蠢文学、聪明文学吗?

答:纯文学,纯粹的纯,纯洁的纯。

二〇一三年三月十日,安庆

笔　记

时间不早,但我睡觉还早。躺在床头读《四十二章经》,书中有段话极好:

> 佛问沙门:人命在几间?对曰:数日间。佛言:子未闻道。复问一沙门:人命在几间?对曰:饭食间。佛言:子未闻道。复问一沙门:人命在几间?对曰:呼吸间。佛言:善哉,子知道矣!

人命在呼吸之间,好文章也在呼吸之间。文章成败,呼吸之间耳,稳住那口气,不能松下来。文人的积习,世间一切都有文章之道,世间一切皆是人生之道,这是我的痴。

《四十二章经》里还说,学道的人像牛背重物,走在深泥中,非常疲倦了,不要东张西望,走出淤泥之后,才能休息。佛家的说法,从来不只是智慧,还有超脱。一个人有智慧并不难,超脱难。

佛言:如人锻铁,去滓成器,器即精好。学道之人,去心垢染,行即清净矣。我辈学文章之道,亦是学道人也,得学一辈子,庾信文章老更成。

二〇一三年三月二十七日,安庆

清　白

　　齐白石有幅小品，题为《清白世家》，画白菜，画鲜菇，自辟笔路，线条清净，设色清净，有佛经之美，静对如一卷古人笔记。人间难得清白，清白世家好，清白为人好，清白饮食好，清白文章好。清是清楚，白是明白。文章写得清楚明白不容易，要真本事，要下苦功。这又是痴话了，好在痴话本是说给同道中人的。我辈写作者，众人拾柴，一起烤火，本就是痴人。正所谓：

　　满纸荒唐言，一把辛酸泪。
　　都云作者痴，谁解其中味？

　　窗外春光大好，天青云白，无数锦绣文章。
　　　　二〇一三年三月二十七日，安庆

质木无文

文章各有所好,所好皆好。肉鱼滋味,蔬菜滋味,瓜果滋味,米饭滋味,面点滋味,都是好滋味。文章也是各色滋味,其实是质,文章之质何止千万。钟嵘《诗品》总论——东京二百载中,唯有班固《咏史》质木无文:

三王德弥薄,惟后用肉刑。
太苍令有罪,就递长安城。
自恨身无子,困急独茕茕。
小女痛父言,死者不可生。
上书诣阙下,思古歌鸡鸣。
忧心摧折裂,晨风扬激声。
圣汉孝文帝,恻然感至情。
百男何愦愦,不如一缇萦。

钟嵘视野所限，这首诗固然语言质朴，没有文采，但恰恰好在此处。后人跟风，认为此诗是"文人初学五言诗体，技巧还不熟练"。写文章是一家言，读文章是一家眼。

班固有修《汉书》之才、之力，宋代苏子美以《汉书》下酒。

二〇一三年四月二十七日，安庆

离　歌

　　古人离别作赋，今人分离写歌。

　　明天离开安庆，想写篇文章。前几天作文若干，才思泉涌，应该还有余兴。此番离开，写不出文章，分明枯竭。

　　江郎才尽是假，障眼法耳，才情如水，江涛汹涌，淹没两岸。"江""淹"两个字，差不多就是文学的味道。江淹的字——文通，更有文学的味道，只是段位低些，太"昭然若揭"，少了含蓄。

　　文通只是门槛，好像才华不过门槛。这些年写了一点文章，不少人夸奖有才华，心下惶恐。我知道才华一文不值，门槛而已。傅斯年主政北京大学文研所时，要求新来的研究员三年内不得撰文，要把才气洗净！

　　在安庆近三年，写了三本书，交了很多朋友。有些朋友是字典。有些朋友是散文集。有些朋友是诗词歌赋。有些朋友是武侠小说、社会小说、谴责小说、言情小说。

南来北往的人生固然痛快,但也痛苦。下午整理书籍,两千来本。三年岁月,存书两千。存书不稀罕,一年读三四百本书,这是我得意的。我得意还能读一点书。读书本是寻常事,只是我辈少文心。越来越知道一己之短。读点书,写点文章,差不多就是这样。写点文章,喝点茶,过小日子,差不多只好这样。差不多,这样很好。

写作不是娱我,写作也并非娱你,写作是我的饭碗,祖师爷赏的,得捧牢了。

二〇一三年五月十九日,安庆

忙　赋

为赋新词强说愁，忙得没有为赋新词的心境，更遑论强说愁的心情。强说愁要闲，最起码要有闲情，没有闲情，最起码要有闲心，没有闲心，最起码要有闲趣。

如今，闲人多，闲情少；闲情多，闲心少；闲心多，闲趣少。何夜无月？何处无竹柏？但少闲人如吾两人者耳。两人者，苏东坡、张怀民。闲人并不少，大雪之夜的王子猷，湖心亭上的张岱与金陵人，隐居杭州孤山的林逋。

现在没有闲人了，有闲的闲不住，无事生非终成困。

闲人是痴人。友人痴迷围棋，某回外出，棋瘾难耐，上街访同好，遇到一个。不问姓名不问身份，两人对弈三个小时，不告而别。这是当下的魏晋风度。

日子是当下的好，风神是过去的好。过去的风神隔了一层，一隔味道出来了，一隔境界上来了，一隔怀想生成了。怀想似乎比憧憬高级，怀想的成本低。

近日忙乱，只好怀想过去的闲散冲淡当下的忙乱。忙乱忙乱，一忙就乱，乱中出错。忙碌忙碌，越忙越碌，碌碌无为。无为很好，碌碌无为不好。人生虚幻，秦皇汉武也罢，唐宗宋祖也罢，现在只剩一片虚无。看《道德经》，读出时间上空的一声巨叹。老子明白一切"为"，不管为有为无，为大为小，都是"无"，都是空。都是空都是空，都，是，空，你得填满它，活着的岁月，总有鸡零狗碎。

　　二〇一三年五月二十二日，合肥

木　石

偶有文章娱小我，独无兴趣见大人。差不多是文人的通病或者说是文人的个性。我自己偶有文章之外，间或也买一点木头与石头之类把玩。不是大物件，却自娱自乐出好心境。当然这都是以前的事情了，现在没有闲钱，闲情只好搁置。闲情要闲钱做底子。

过去买物件，不是木头就是石头。昨天下午，百无聊赖，把玩木石遣兴，想起《红楼梦》木石前盟的故事。

神瑛侍者每天以甘露灌溉这绛珠草，天长日久，绛珠草脱却草胎木质，得换人形，可惜仅修成个女体，终日游于离恨天外。因尚未酬报灌溉之德，其五内郁结着一段不尽缠绵。后来神瑛侍者意欲下凡造历幻缘。那绛珠仙子道："他是甘露之惠，我并无此水可还。他既下世为人，我也去下世为人，但把我一生所有的眼泪还他,也偿还得过他了。"这里面有让人感动的一片殷殷之情。

读《红楼梦》,读来读去,一情耳。年纪大了,人心麻木,越发无情,读读《红楼梦》,算是给情感补充养料。贾宝玉念念不忘"木石前盟",最终抛下"金玉良缘"。以前曾替贾宝玉可惜过,现在年纪大了,心想,管他金玉不金玉。很多时候,金玉其外,败絮其中,还是木与石来得踏实。

人生忽如寄,寿无金石固。那些情感都过去了,只留下了一堆沉痛的文字,这是曹雪芹的福分,更是我们的福分。

二〇一三年五月二十八日,合肥

童　年

　　陆续读过几首描写儿童生活的诗词，最喜欢"儿童散学归来早，忙趁东风放纸鸢"一句。高鼎选写的人和事，为美好春光再添了生机与希望。那样的句子，仿佛一泓清凌凌的溪水展示它最初的模样。儿童诗里随处可拾童心童趣，读来温馨，会自然而然发出微笑。浮躁急切的功名利禄时代，需要安闲自定的心绪。只有这样，一个人才能走出寂寞的困境，保持一份赤子情怀。周作人认为"倘若返本真，应学秋虫鸣"，回瞻自己的童年生活，试图恢复本性。童年、童趣和童戏，清纯且美好，童年的烦恼再多再大，也有欢喜的底色，成年后的快乐再多，随之而来的悲苦常常将其撞个粉碎。

　　前几天读废名《五祖寺》一文，再三击节，几次沉吟。废名通篇写一个小孩子长大后对五祖寺怀有的美丽记忆和感情，其美丽若"一天的星，一春的花"。这是童真的美丽。

　　二〇一三年五月二十九日，合肥

五月之书

樱桃红像腮红。这么说，俗了，樱桃红像釉红如何？今年的樱桃吃过几次，若问樱桃如何，答曰：新鲜。刚才收到新书《豆绿与美人霁》，觉得新鲜。这是今年的处女作。去年出了两本书，早属旧文，不新鲜了。好久没出新书，这一次居然觉得新鲜，心里啧啧称奇，新鲜。二〇一三年五月的最后一天，天气真好。

入　帖

　　常读碑帖，有回看得入迷，差点把盛夏看成了深秋。中国书法总是让人颠倒，黑白颠倒，昼夜颠倒，春秋颠倒，冬夏颠倒，幸亏没有男女颠倒。

　　文章是什么？文即纹，指纹路、纹样；章本指屏蔽，转指外表。文章原义指有纹样的表面。文章的章，从音从十。古人奏音乐，连奏十段才能结束（十，数之终也），十段一章。文章文章，也有段落。文章从音乐里会意而来，用文字表达出来的东西，读起来如音乐一样美妙无穷、悦耳动听，才能称为文章。很多人的文章有音无乐。

　　以上是胡话。

　　入帖要古，学习书法从晋、唐开始是对的。写作要新，学习文章还是先从民国起步，这样上手快一些。书法顺水直流，写作逆水行舟。

文章也要入帖,临习民国、明清、唐宋至先秦的文章,学各种技巧法则,接通古人精神,接通中国文脉的水流。学习古人,进入古人,是文章家的基本要求。文章入帖的目的是把传统技法变为己有,成为自己创作的依据。

入帖之后,再谈出帖。

在当下,入帖者,七八个星天外;出帖者,两三点雨山前。

二〇一三年六月七日,合肥

地　气

　　地是土壤，气是气息气流气脉气场。地气是土壤的气息气流气脉气场，地气是生气。傍晚或者深夜或者清晨，一片白雾贴着田野蔓延氤氲，淡淡的，人说那是地气。

　　人站在地上才能生活，死了又埋在地下，归于地气。世间生灵的繁衍，生发枯荣都在地上。地气是地中之气。《礼记》说，孟春之月，"天气下降，地气上腾，天地和同，草木萌动"。

　　在乡下，鸡鸭猫狗受了伤，将它放在松动的地上，说接接地气就好，第二天，鲜活乱跳。猎人打来的猎物，野性不死，狂喊乱叫，人将它吊起来，接不到地气，须臾便死。患有脚气者，打赤脚，多去地里踩踩，脚气自愈。

　　天气可以预报，地气预报不了。人类至今不能做地震预测，一场地震涂炭无数，掌控着地气的永远是天意。

人要多接收地气，赐人勃勃生机，赐我辈好文章。

二〇一三年六月十七日，合肥

该写点什么

二〇一三年七月二日的晚上,胡竹峰说:"该写点什么了。"我回道:"那就写点什么吧。"对一个写文章的人而言,"写点什么"是常态,不能老让人家催着。

昨天看见一句话:古代,群山重重,你怎么超越得过?有人画出一张肖像,比《蒙娜丽莎》还好,那倒服了。有人对我说,洞庭湖出一书家,超过王羲之,我说:×他妈!话是木心先生说的,当时惊出一身冷汗。现在犹自惊魂未定。当代从文写作、书法、绘画的人都应该看到。

《吉祥经》之余

今晨起床,想起《吉祥经》。佛家《吉祥经》,读来入得平和境地。世事无常,不可多葵倾之心,读书写作不过修行。陆陆续续,书写了十几本,意气越来越少。文章散淡一点好,写者平缓吉祥,读者安妥如意,这才是舒心乐事。

去年开始读一点佛经。佛经是洞达超然,直指本性。最有力量的文字,好到可以放眼世界的,我选择佛经。文学是加法的艺术,佛学是减法的艺术。

文学和感官没有关系,却能感动人。佛学无受想行识,无眼耳鼻舌身意,无色声香味触法,无眼界,乃至无意识界,无无明,亦无无明尽,乃至无老死,亦无老死尽,无苦集灭道,无智亦无得,以无所得故。最近事情真多,感觉累,心头惘然。刚才想到:

那个才气超过我两倍的人,他的努力是我二十倍。

小女胡牧汐身体有恙,念《般若波罗蜜多心经》一遍为她祈福。

二〇一三年七月二十二日,合肥

骨　相

唐人画像丰腴。我少年时也喜欢丰腴，丰腴有富态美。

青年时迷恋过一阵子相术，终不敢太深入。怪力乱神一路，一知半解即好。

画像不论，从照片说，李叔同骨相清奇，但奇多于清，李叔同一生的确充满了神秘性。鲁迅的骨相凄苦，那样的相貌配得上一笔干瘦劲道的文章。丰子恺的骨相圆通，俞平伯骨相豁达。

皮相风清月白，骨相水落石出。中年发福，骨相遁迹。骨相遁得远了，表相浑浊。写作，我喜欢写出文章的骨相，把自己摆进去。

二〇一三年七月二十五日，合肥

磨盘灯

在东至东湖村看见磨盘灯。

磨盘灯，灯体罕见。中轴装有两个木盘，一大一小，两盘平行，形同磨盘，灯名由此而来。四周用红布遮挡，灯架上扎有五色花鸟、禽兽装饰，灯顶端有四角凉亭，舞动时，灯盘上可立人，手提花篮，在管弦锣鼓伴奏中随盘转动，口唱戏文，自由起舞。灯中有人推动磨盘轻轻转动，灯上人有唱有答。唱词多是徽调以及民间歌谣。人随盘转动而飘舞，疾步如飞，鼓乐飘扬，灯上百火齐明，千姿百媚，可谓花灯奇葩。

每年正月初二始，至元宵节，东湖村举行磨盘灯会，请神祭祖、驱邪纳福，祈求太平。两百多年前，磨盘灯自江西引进安徽，以祝丰收年景。

磨盘灯，人团圆，灯团圆，花好月圆。

二〇一三年九月二日，合肥

竹简精神

文章写太长,铺张过度,未免浪费,浪费文字。有人说文字是肉做的,那写作更要减肥,以瘦为荣,见到肌肉为美,现出骨相为美。

该写的少写点,不该写的不写。差不多就是竹简精神。

好的文字如刀刻,快刃而下,锋力自如。

好的作家如刀客,心狠手辣,绝不废话。

问:文章是写长好还是写短好?

答:文章写好就好。

二〇一三年九月八日,合肥

手 生

有人越写越生,有人越生越写。越写越生,越生越写。越生越写,越写越生。像绕口令一样。写作用笔,偶尔要绕口令,绕开口,成令。

令是词调、曲调,即"小令",又称"令曲",字少调短,词中有《十六字令》,元曲有《叨叨令》之类。"词之难于令曲,如诗之难于绝句,不过十数句,一句一字闲不得。"(张炎《词源·令曲》)

关键还要讲自己的话。

很多人不会说自己的话,今天突然这么觉得。

很多人不敢说自己的话,今天突然这么觉得。

是今天突然这么觉得吗?或许是昨天,也可能是前天。

二〇一三年九月十一日,合肥

少 作

少作,少年之少。

少作,多少之少。

少年人少写点,文章千古事,先做饮食男女。文章千古事,得挣点本钱。身体是革命的本钱,钞票是写作的本钱。鲁迅晚年,面对不甘平顺的青年,其劝告不是革命,也非读书。过来人说了句大实话:

顶要紧的事,是银行里要有一点钱。

大先生语重心长。

二〇一三年九月十一日,合肥

木鸡养到

木鸡养到,成语,也是典故。成语都是典故,典故未必是成语。写作的过程,成语耳——将字拼凑成语,最后成文。典故,按照我的理解,典当过去。这些年写了很多散文,人见面客气,说胡先生文章真好。我想,好文章,非得典当过去不可。写得太多,过去典当得差不多干净了,或许有天改行写小说去。写散文是立地成佛,写小说是苦海无边。我的画外之音是说好的散文要有佛性,而好的小说,得让芸芸众生看看无边苦海。

纪渻子为王养斗鸡,历久乃成,其鸡望之若木鸡,盖德已全,他鸡无敢应者。从《庄子》上读到这个典故,警示自己,立此存照。

二〇一三年十月二十三日,合肥

神性

浮生太苦，近来大忙，还想写点文章。生活太累，还想写点文章。前一阵子感觉大好，写出么多东西，我很满意。这两周气息奄奄，颓唐得很。不知道是不是天气的缘故，窗外阴霾如黑云压城。今天下午，在电脑前几番沉吟，脱口而出：明天该买个口罩了。

越来越明白时间的重要。时间和身体不可浪费，作文每有制述必贯之神性。没有神性的文章，终究入不得上流。人性是花开花落，神性万古长青啊。

二〇一三年十二月五日，合肥

足衣癖

写了篇《足衣癖》的文字,没有写好,但我喜欢"足衣癖"三字。

足衣癖:天下收藏无奇不有。

足衣披:鞋帮子开了,披在脚背上。

足已劈:足能走路,亦可劈腿。

足一批:肉摊猪蹄杂陈。

组已批:组织批准比什么都重要。

足矣批:够了,就这样吧。

二〇一三年九月三日,合肥

登秀峰塔记

东流晋时属彭泽县，毗邻长江之南，取"大江曲折来，到此如东流"的意思。陶渊明任县令时，偏爱东流黄菊，常常日驻彭泽，夜宿东流。今人慕其风节，建有陶公祠。

东流古街，历经兵祸水厄，年久失修，很多房子已成断壁残垣。走在古街上，是不动声色的时光的老去。时光让人间的一切付诸东流。

老宅窗下一狗静卧，街角一株盆景迎风而立，弹棉花的铺子里生机蓬勃，发出点声响，其他皆倦怠慵懒，只等着太阳西去。太阳拉长老屋的影子，在街面的青石板上留下刻度。光阴的刻度，此刻，因为古街，仿佛停顿。

秀峰塔建在陶公祠后面的草地上。

塔名秀峰，山清水秀。山偶尔也能秀，江南很多山是秀色可餐的尤物。"秀峰"两字与我有缘，有夸我漂亮的意思。近年越来越不爱照镜子，因为越来越不漂亮，肉身沉重，浊气上行。民国某年九月，郁达夫去苏州游玩，路上遇见一群少女，"把她们偷看了几眼，心里又长叹了一声：'啊啊！容颜要美，年纪要轻，更要有钱！'"。我容颜不美，年纪不轻，也没什么钱。

二〇一三年九月三日下午，爬上了秀峰塔顶。塔底极窄，仅容一身。登上塔顶，透过塔窗看窗外，风很大，我站住不动，让东流的风吹着。

序跋癖

王羲之癖鹅。阮籍癖车。刘伶癖酒。隋炀帝癖女人。李清照癖赌。米芾癖石。李唐人癖牡丹。陶渊明癖菊。周敦颐癖莲。八大山人癖花鸟虫鱼。郑板桥癖男色。冯梦龙癖话本。蒲松龄癖传奇。闵老子癖茶。贾宝玉癖胭脂膏。鲁迅癖烟草。刘邕嗜痂成癖。

海畔有逐臭之夫，可谓臭癖。兰荪蕙之芳，众人之好好，此乃香癖。《水浒》中"鼓上蚤"时迁，有偷癖；"小旋风"柴进，是好客癖；"黑旋风"李逵，有杀人癖。有人有自残癖，有人有服药癖，有人有小说癖，有人有大话癖。有人癖小脚，有人癖长辫。有人癖粉黛，有人癖须眉。有人癖旧时月色，有人癖得意尽欢。智者乐水是水癖，仁者乐山是山癖。

我幼年恋母乳，有母乳癖。童年嗜甜，有糖果癖。少年爱书，有书癖。青年好色，有美癖。近年有序跋癖。序难写，容易过头。跋也难写，容易流俗。过头也罢，流俗也罢，不过头不流俗也罢，没有真性情，没有自说自话，就不是好序跋。

顾亭林曰：人之患在好为人序。

胡竹峰道：我之患在好为己序。

二〇一四年三月二十日，合肥

文章癖

我有文章癖，癖天下锦绣文章。癖庄子之文章，癖司马迁之文章，癖曹子建之文章，癖柳宗元之文章，癖苏东坡之文章，癖王实甫之文章，癖张宗子之文章，癖曹雪芹之文章，癖鲁迅、周作人之文章，癖废名、汪曾祺之文章。独不癖胡竹峰之文章，等他写到八十岁再说。

二〇一四年三月二十五日，合肥

二九楼头

　　写文章遣兴，有人言志，有人抒情，有人载道，有人稻粱谋，有人颂功德。姑且作文遣兴一回。

　　新近搬了家，房子在二十九楼。开始准备取堂号"竹风阁"。今年得了清人孙均"竹风阁"古印一枚，合我的名字。孙均是乾道年间人，印文雄健，印石醇厚。用这三个字，倒也贴切。后来想，不借前人的光，于是取名为"二九楼头"。扬雄《太玄·图》曰："玄有六九之数，策用三六，仪用二九，玄其十有八用乎？"范望注："不正言十八而言二九者，玄之辞也。"写作恰恰需要玄之辞也。

　　头。想象在一灯如豆下闲翻书页。

　　楼头风雨说闲话，先秦文章晚唐诗。

　　　　　　　　　　二〇一四年六月九日，合肥

一呼即还

昨晚一夜失眠,今天睡得早些。九点钟洗漱完毕,上床睡觉,凌晨两点前后醒来。早睡早起,好习惯,尽管早得有些离谱。离谱就离谱,文章衣饭,不离题就行。离题也不要紧,只要能拉回来。伍子胥流亡吴国,见专诸"方与人斗,将就敌,其怒有万人之气,甚不可当。其妻一呼即还"。似乎是《吴越春秋》所载,我忘了。文章和英雄一样,不论出处。好文章差不多也如此,离题万里,一呼即还。离题万里是境界,一呼即还是修养。境界当然重要,修养更舒服。这是中国文化决定的。近日读《礼记》,高山仰止。

二〇一四年六月十日,合肥

残　蝉

在商丘得一古蝉，不知何年。玉质褐色半透明状，不知何料。几根线条，雕法极简，不知何工。双翼折断，蝉附身的树叶只剩半片，展翅欲飞不能飞。它的样子很特别，忍不住收存了。把残蝉清洗干净，贴身放着。偶尔拿出来看看头，看看残躯，看看残叶。

此蝉陋而不丑。丑必陋，陋未必丑。有人审美，有人审丑，我审陋。审陋比捡漏更难。捡漏是古玩界的行话，说白了就是捡了个大便宜。有人捡了便宜卖乖，有人捡了便宜卖弄。

二〇一四年六月十日，合肥

夜航船

二〇一五年四月二十三日夜，友人约夜航船。自住处右行，灯下河岸边泊了几只乌篷船。弯腰上舱，一舟两座，一座仅容二客，人莫能纵身。船夫在尾摇橹，橹声嗞嗞如猫爪挠门。摇行水上，左右人家阳台上晒着男人的衣服，女人的衣服，老人的衣服，小孩的衣服，偶尔还有拖把悬在那里，孤零零的。雾气迎面而来，人影朦胧夜色水汽中，对坐难辨男女高矮胖瘦。岸边石坝灯光映入河底。流水空明，船行过，碎影斑驳。以手探水，如抚丝绸，船摇头晃尾施然前行，水从指缝间滑过，仿佛鱼戏莲茎。尘音入耳，真切隐约，认真听时，船又走过了。爽然若有所失。复前行，不知行迹何处。过了一座桥，又过了一座桥，连过三桥。三笑留情，三桥亦留情，闲情也。其时无月色，无松风，无鹤影，无梅兰，无丝竹，无管弦，但有闲散数人。

游府山记

府山的绿，绿得阴沉，阴晴圆缺难测，不知道是不是和卧薪尝胆有关。卧薪尝胆，日子过得苦，想象中勾践阴沉沉一脸绿色。

绍兴的山与别处不同，不同在哪里，一时也说不明白。穿林独行，举目四望，府山树木中仿佛飘忽有一个布衣葛服的先秦老丈。山间无人，灌木丛密不透风，风一吹，草木皆兵。

午饭时下山。这几天在绍兴吃了不少笋片。绍兴的笋像知堂小品，淡涩幽远，每餐吃一点，兴许以后写文章有几分像周作人，也说不定。

上山时，见一老妇，穿对襟，在西门剥蚕豆，喃喃不休。下山遇一老叟，着长袍，头顶盘一发髻，窃窃而食。此老相貌高古，让人疑惑从旧画中来。

二〇一五年四月二十六日，郑州

游青藤书屋记

左拐拐右拐拐，右拐拐左拐拐。一段剥落的粉墙上看到"青藤书屋"字样，灰色的院墙，几枝春绿探头无语。

院不大，一条卵石小径直达阶前。院内有石榴一株、葡萄一架、幽篁一丛、芭蕉数棵、湖石几方、石匾一块，上篆"自在岩"三字。

卵石小径的尽头有一圆洞门墙，门外有井，门内筑池，方不盈丈，不溢不涸。徐渭曾书"天汉分源"四字，以示此水自天上银河来。池边墙根有古木一棵，墙角有青藤一架。藤下壁间嵌有"漱藤阿"隶书石碑。徐渭有诗记此老藤：

吾年十岁栽青藤，乃今稀年花甲藤。
写图写藤寿吾寿，他年吾古不朽藤。

一直想写篇关于徐渭的文章，机缘不到，先看看旧居也好。

二〇一五年四月二十七日，郑州

好文章

　　文章是有味道的，酸甜苦辣咸亦是文章之味。文章以苦辣咸做底色，比酸甜走得远。酸不能多吃，甜也不能多吃，酸甜文章不能多写。

　　我生活中喜欢甜食，写作上偏爱苦辣。苦不是真苦，辣也非真辣。人生苦中作乐，写作苦中作乐，能作乐就很好。文苦字涩，文辣字壮，这是我理想中的好文章。好文章不是人人都写得，好文章不是人人都读得，好文章是上一代的木石前盟，好文章是这一生的金玉良缘。人生苦短，多读好文章。譬如朝露，多写好文章。

二〇一五年十月十日，合肥

逆行文章之河

先秦文章滋味醇厚,寻常胃口吃不得,非要熟读魏晋文章。魏晋文章精神勃勃,寻常胃口吃不得,非要熟读唐宋文章。唐宋文章高头大马,寻常胃口吃不得,非要熟读明清文章。明清文章兔起鹘落,寻常胃口吃不得,非要熟读民国文章。

逆行文章之河。

二〇一五年十月二十九日,合肥

罗 聘

诗酒文章自风流,罗聘好作鬼趣图。
写幅丹青市上卖,老妻难为柴米醋。
　　　　　二〇一六年二月十一日,扬州

西庐寺

紫蓬山的名字好，紫气蓬莱，有仙气。西庐寺的名字也好，有隐士气。陆游说青山可结庐，"结庐"二字入了不少他的诗：结庐云水间，手劚云断结草庐，晚爱烟波结草庐，结庐城南十里近，濯锦江头已结庐，莫笑结庐鱼稻香，结庐归占水云乡。

这几天读《剑南诗稿》，一见西庐寺，隐隐生了亲近之心。即便不读陆游的诗，一见西庐寺，也会有亲近之心，因为西庐寺多树，那树古，尤让人喜欢。草要新，欣欣青草才有喜气元气。树要古，不少乡俗以古树为神。古树藏了精气，那精气里静气重，静气一重则平生肃穆。肃穆是大境界，不出人不敬。

西庐寺颇大，紫蓬山更大，故显得寺小了。入得山门，到处是麻栎，从来没有见过那么多那么大的麻栎。人皆惊奇，惊奇毕了，开始赞叹，赞叹后复生亲近之心。古树苍枝满寺内，啧啧称奇这树不是因寺而长，此寺却因树而建。

树在寺内随便长着，三三两两或斜倾或挺立，亭亭如盖。间有老死者，树桩粗且壮，呈灰褐色。

在寺内走走停停，恍惚中觉得此地是我前世修行之一所在。

二〇一六年四月十六日下午，自合肥出城去西庐寺，一路雨声风声，雨忽下忽停，下下停停。到西庐寺时已经黄昏，天却晴了，云白天青，朗朗半月在头顶，惹得人欲攀树邀月揽玩。雨后的缘故，傍晚的西庐寺，无丝毫浊气。

西庐寺为皖中名刹，始于汉末。

胡竹峰玩寺，不求佛求圣，只为遣怀修性也。

吉 祥

从前人老派,信笺宣纸讲究,浅浅印上"平安""如意""吉祥"字样,双钩隶书,说写起字来喜气。喜气好,宋人邓忠臣有《考校同文馆戏赠子方兼呈文潜》一诗,并不见佳,但"人生可意乃吉祥"是大实话,也是大白话,看了受用。

暑天深夜无事,读古人诗词,专挑有吉祥的字词:要把平夷心事,散作吉祥种子。吉祥满、十分芳酒。古祥风动夜潮声。吉祥亭下万年枝。吉祥寺里千堆锦。吉祥亭、吉祥寺都是好名字。有人在九华山筑舍寄身,号为大吉祥堂。吉祥堂就好,"大"字多余了。吉祥无所谓大小。

二〇一六年七月二十八日,合肥

中国红

得一串南红古珠,入手细腻,表皮光洁,橙黄中隐隐泛着包浆的晕斑。此串十粒南瓜形,两颗橄榄形。橄榄好吃,南瓜好看。橄榄外圆内刚,味苦且涩,气息却清芳。

南红色彩丰富,锦红、柿子红、玫瑰红、朱砂红、缟红,皆俏丽明艳。中国人爱红,有中国红一说。南红之色颇好,好在红上,红得容光焕发,红得喜气洋洋。小时候过年,家里门框上总要贴"万事如意"四字。当时看了不以为稀奇,现在想起来,觉得熨帖。人生所求无非万事如意。

赠南红珠者,友人王祥夫。祥夫先生以文名世,博物好古,工书画,笔下瓜果蔬菜山川人物得了齐白石意味,自辟笔路,又清净又文气。存有他书法一幅、山水一幅、虫草一幅。虫草画的是风吹高粱,一只蚂蚱伏茎叶做凝神状。展画细看，屏息良久，不敢开口说话，怕此物惊走也。

二〇一六年七月二十九日，合肥

孤　山

靖江城外孤山，为泰州境内唯一的山。山高不过百米，远望盈盈一丘土，若覆盆如卧兽。天下处处有山，他乡之山多连绵起伏，多相倚相扶。靖江孤山，一丘独立。此山之奇正在此间。

二〇一六年春月，初上孤山。来得山腰，见石坊"蹑云"二字，得明人笔意，亦有小品文风。

蹑，踩踏之意，蹑云者，踏青云而上也。薛宝钗填柳絮词中有"好风频借力，送我上青云"一句。石柱上有明人赵应旌所撰楹联，惜岁月久远，字迹早已斑驳莫辨，好在前人有笔录：

对此长江，左蠡烟波今宛在；
位当绝顶，西湖风月定何如。

上联里有凉意有洞达，下联有几分晚唐诗风与晚明文章的疏淡。

在蹑云坊盘桓再三而去。须臾到得山顶孤山寺。寺名为赵朴初题匾。三字若婴儿抱团，一片元气，一片烂漫。得打油诗一首：

早市离城十里遥，孤山寺前香雾绕。
不见儿童吹泥狗，东天早霞似火烧。

孤山不孤，有山有树有石有苔有花有草有风有月有僧有俗，更有香火不绝。孤的是登山人。天不知其大，地不知其大，人只一点，何其小也，何其渺也。

二〇一六年夏月再走孤山。是夜无一游人，寺门紧闭，数粒萤火点染树枝。没有风来，夜却凉着，入了古人所说的夜凉如水之境。远方灯火鲜亮，想起明代靖江县丞韦商臣夜登孤山写的《登孤山诗》：

绝顶夜深衣袂冷，愁看北斗是京华。

二〇一六年九月二日，合肥

起　云

起云了。一朵朵一团团一簇簇一丛丛，或停在空中或飘在天上。

云遮了日头，人在阴影里。灰色衣服的人，黑色衣服的人，黄色衣服的人，大的云仿佛一尊兽，罩在那里，一头搭在山尖，一头悬空天上。

四下觉不到风，炊烟笔直如一管淡墨划过青纸。篱笆墙上的竹枝忽地一颤，一只黑鸟雀跃而去，扑棱双翅飞翔云层。

天地如此静穆，四野无声，天上起云。

二〇一六年九月六日，合肥

混 沌

夜里下雨，深宵读林语堂《大荒集》，想到"混沌"二字。

世人作文多以线条勾画，如书家，我好用水墨，近禅者。世人写生写真，我多写心写意。作文之际，脑海中混沌一团，不知其中是麒麟还是野马，是兔子还是斑鸠，是龙凤还是虫豸，写的目的只是让那团混沌成形。因混沌而入文章，究竟是怎样的山水风物，无从知晓，作文的趣味正在此间。

二〇一六年九月七日，合肥

走　虫

　　武松醉卧景阳冈大青石上，只听得乱树背后扑的一声响，跳出一只吊睛白额大虫来。这大虫却是老虎。古语里，蛇是长虫，老虎是大虫。

　　《大戴礼记》有虫分五类之说：禽为羽虫，兽为毛虫，龟为甲虫，鱼为鳞虫，人为倮虫。《礼记》也说有羽之虫三百六十，而凤凰为之长；有毛之虫三百六十，而麒麟为之长；有甲之虫三百六十，而神龟为之长；有鳞之虫三百六十，而蛟龙为之长；倮之虫三百六十，而圣人为之长。

　　关中地方还把人说成走虫。走的是虫豸，走的也是虎豹，大象缓步是走，骏马奔腾也是走，龙行是走，跬步还是走，穿街过巷是走，游山玩水更是走，我们活着，我们走着。

　　人往高处走，更上一层楼。水往低处流，有容乃大。流水不腐是走，户枢不蠹也是走。庄子逍遥游是走，孔子游列国也是走，一个走向江湖之远，一个走向庙堂之高。人生如戏，走一个粉墨登场，光阴似箭，走一个沧海桑田。

走南闯北、走州过县、走马到任、走山泣石、走罤飞觥、走蚓惊蛇、走及奔马、走马看花、走漏风声、走石飞沙、走为上计、走为上策、串街走巷、走丸逆坂、走笔疾书、走笔成文。我过去走笔疾书，如今走笔依旧，疾书不再，好在还能走笔成文。其实走笔就好，成文不成文不重要。

二〇一六年十月十日，合肥

游

春游，夏游，秋游，冬游，一年四季皆可游。

春游不同的是一番春意。所谓春意，沾衣欲湿杏花雨，吹面不寒杨柳风。夏游不同的是一番夏意。所谓夏意，最喜欢接天莲叶无穷碧，映日荷花别样红的景色。秋游不同的是一番秋意。所谓秋意，是停车坐爱枫林晚，霜叶红于二月花的意境。冬游不同的是一番冬意。所谓冬意，况味是孤舟蓑笠翁，独钓寒江雪。

不识庐山真面目，只缘身在此山中。游的目的之一，是想走出此山。

二〇一六年十月十二日，合肥

作我书房

　　写文章的地方。写自己文章的地方。写自己的地方。作文无古今，唯有作我难。吃自己的饭，写自己的文章。

　　"作我书房"四字，二〇一六年秋天，陈丹青先生手书。

　　　　二〇一六年十月二十三日，合肥

过汉函谷关

关前极平整,杂草乱生。风吹来,树一阵晃动,草越发乱了。关口渐近,古意上来了,汉唐宋明的旧事忽闪而过。马嘶声,征战声,鸡鸣声,鸟虫声,车轮声,风雨声,金鼓声,市井声,声声混杂,声声入耳。

上得关来,众声皆远,一时忘了秦汉魏晋,不知今夕何夕。默然立在那里,风撩起旌旗吹过耳畔,扑向身后的坡地。望气台,鸡鸣台塌成一抔尘土。关隘残存,一脉河流过。河堤旁几丛雪里蕻开有黄花。这是我第一次看见雪里蕻的花,雪里蕻炒笋丁倒是吃过不少,极下饭。

年年花开,花比人久,花草枯荣轮回不绝,比这关这人久远。汉函谷关隶属洛阳新安县。二〇一七年春天,谷雨后一日过得此关,作得此文。

九华后山看月

　　山色空迷，天色也空迷。天上有月，幽幽心事重重，入眼怅惘。人怅惘，见得那月也怅惘。树深处一片黑。车灯走过，如船犁过海面。瞥过原野上的枯草，恍恍如处秋冬。书舍摆满坛坛罐罐、拓片牌匾，旧物里千百年光阴，人如草芥。倚栏闲话，月立中天。月是旧时月，不知照了多少人间，那旧物也如尘埃。众客皆醉，忽地伤感了，幻灭顿生。这天是二〇一七年四月十四日。

回忆雪

积雪之美,欲壑难填。

雪开始化了,屋檐下的水滴一滴又一滴,棕榈叶上积雪倾下,一块块砸落在梨树下。白的雪与灰褐色的树干挤在一起。雪塑的罗汉塌了一角,和光同尘。

日光如瀑,天空晴朗。突然回忆起过去冬天的雪,某年某月某日某夜的雪。

二〇一七年四月九日,合肥

五　庙

五庙，我在很小的时候已经知道了。岳西有儿歌：

又哭又笑，黄狗作跳，花狗抬轿，抬到五庙，五庙不要，往东缸里一掉。

至今也不明白究竟是什么意思。或者没有意思吧。儿歌大多是没意思的，不过朗朗上口，逗得三岁小儿破涕为笑罢了。猫抬轿在年画里见过。老鼠嫁女猫抬轿。那鼠是硕鼠，极肥大。鼠嫁女是有趣的民间故事，小时候见红纸画此场景，贴在窗子上。《虞城志》说，正月十七夜民间禁灯，以便鼠嫁。杭俗谓除夕鼠嫁女，窃履为轿。

五庙距我乡不过百里，却没有去过。那天去了，不过平常一个普通集镇，为何让我生出许多感慨呢？

去了五庙,但还有五庙在心里:

灰色的天空下,没有阳光,瓦房青砖,五座小庙依山而建,庙里的木偶积有厚厚的尘土。红披衣旧了。后山上麦田半尺高。

这是三岁时候想象的五庙,过了三十岁,心里还有这样的五庙。

二〇一七年四月十九日,合肥

寻　味

　　酸甜苦辣是味，清坐闲谈是味，高卧冥想是味，把卷长吟亦是味。游历得山水味，怀古得前时味，看书得文墨味，写作得文章味，赏画得水墨味，观帖得士子味，读碑得金石味，种菜得稼穑味。日色有光明味，月色有清凉味，山中有林下味，水畔有幽僻味。金圣叹说花生米与豆腐干同嚼会有火腿味，金圣叹有奇味，石破天惊处不动声色。石破天惊是味，不动声色也是味。人间处处有味。人间味不过风物味、烟火味。

二〇一七年六月一日，北京

枯　荣

燕地干燥，但觉枯如核桃。有人日进斗金，有人日进斗酒，我日进斗水。日进斗水，下笔忽荣，欣欣向荣。欣欣向荣是大境界，木欣欣以向荣。木欣欣以向枯，阴沉木。好文章如阴沉木。好笔墨之枯，枯如阴沉木，枯荣自守。枯荣自守不难，枯荣自然，天地之境也。

二〇一七年六月四日，北京

王 气

北地有王气，或山大王气，或庙堂王气。王气者，旺气也，如兵家纵横家。河朔多苍莽，其文词义贞刚。得王气之上者，雄而健。得王气之中者，正而烈。得王气之下者，躁而野。南方多士气，或湿气或水气。士气者，清气也，如儒家、道家。江南温柔富贵，其文词清绮。得士气者，或庄严或清贵或素雅。

《兰亭序》得王气亦得士气，《庄子》得王气亦得士气。

二〇一七年六月五日，北京

手起刀落

铭文之好,手起刀落,快刀乱麻。

二〇一七年六月六日初游故宫,见名物无数,独记铭文数款。

"秦子作造,中辟元用,左右师鈇,用逸。宜。"此秦子戈之铭。"唯番君伯自作宝鼎,万年无疆,子孙永用。"此番君鬲之铭。"毛叔媵彪氏孟姬宝盘。其万年眉寿无疆,子子孙孙永保用。"此毛叔盘之铭。"唯正月初吉丁亥,陈子子作孟妫女媵匜。用祈眉寿万年无疆,永寿用之。"此陈子匜之铭。"邢王是野,作为元用。"此邢王是野戈之铭。见此铭文,我之幸也。铭文经数千年,得见我,彼之幸也。

铭文之好,字挟风霜,声成金石。

浓　淡

近日外出，无书可读，半本《红楼梦》看完了。院内乌鸦聒噪，清晨回想《老子》，不知天光明亮。傍晚回想《庄子》，不知暮色深浅。《老子》是淡墨，行文却浓。《庄子》是浓墨，行文却淡。浓淡之间迂回，斑斑驳驳不成记忆。

浓化了是淡，淡凝了是浓，颜色在浓淡之间。

二〇一七年六月八日，北京

一卷星辰

夜里散步，天空晴朗，没有月，星星极亮。呆呆看着那漫天星辰，如一卷古书，看得久了，觉得人也古了，多年前的往事泛上来。突然一人影从一卷星辰里晃出来，是以前的我。相对无言，觉得陌生。树木、花草、泥土与风的气息来了，风带来不远处湖泊河流的气息。这些气息透过衣服，沁入心脾，与身体交融。蛙声与虫鸣不止，唧唧复呱呱。满天星光，迢迢银河，看得眼冷。

夜渐深，露意上来了，夜雾慢慢在远方凝结。风吹衣袂，身体没了，灵魂飘散，一时无天无地无古无今无前无后无上无下。

二〇一七年六月十八日，合肥

仙　气

好的小品文有一股仙气。

王羲之是赤脚大仙，传说赤脚大仙性情随和，笑脸对人。柳宗元是游仙，山水小品里祥云蔼蔼。苏东坡贪恋人间，不想成仙，他是灶神。灶神司饮食，晋以后则列为督察人间善恶的司命之神。隋杜台卿《玉烛宝典》引《灶书》称，"灶神，姓苏，名吉利，妇名搏颊"。与苏东坡正好一家姓。张岱是地仙，情味堪玩。《钟吕传道集》云：地仙者，天地之半，神仙之才。不悟大道，止于小成之法。不可见功，唯以长生住世，而不死于人间者也。

鲁迅不是仙，鲁迅是钟馗，专斩五毒。唐吴道子始作钟馗，历代画家皆喜写钟进士。钟馗是玄宗之梦，《野草》是鲁迅之梦。经年偶梦，我亦累累写之。周作人差一点成仙，落水了，羽翼湿透，不得高飞也。废名是求仙者，盘坐蒲团，自言自语。林语堂是访仙者，与木石交，与鹿豕游，草泽而入大荒。

胡竹峰太闲，不得成仙。《易经》爻辞：初九，闲有家，悔亡。象曰：闲有家，志未变也。人闲桂花落，人不闲桂花也落。人不知而已。斯人不知有汉，无论魏晋。汉、魏晋亦不知斯人。

二〇一七年六月三十日，合肥

以气灌之

一等文章以气灌之,二等文章以力灌之,三等文章以技灌之。庄子得气,司马迁得力,韩愈得技。

好文章真气饱满,好文章力透纸背,好文章技惊四座。

二〇一七年六月三十日,合肥

嵇康打铁

嵇康打铁，钟会一无所得。

嵇康问：何所闻而来，何所闻而去？

钟会答：闻所闻而来，见所见而去。

嵇康打铁，钟会一无所得。文章之好，正在一无所得。抱元守一，故无所得，好文章抱元守一。守一不难，难在抱元，抱怨太多，牢骚太盛防肠断。

我读书闻所闻而读，见所见而去。

二〇一七年六月三十日，合肥

雉尾生与捧剑奴

雉尾生之好在色，雄姿英发，华衣锦服，神采奕奕。倘或下点雪，看见雉尾生更好。想象雉尾生行在雪上如红梅映白，好个颜色，好在乱石穿空，惊涛拍岸，卷起千堆雪。

灰色的衣服，灰色的瓦房，灰色的案板，灰色的器具，灰色的脸风尘仆仆，头顶绾一髻，双手捧剑，此人正是捧剑奴。捧剑奴，咸阳郭氏之仆。虽为奴隶，尝以望水眺云为事。遭鞭箠，终不改。后窜去。望水眺云里有我的少年。

望水眺云不难，难在遭鞭箠而不改。诗心亦佛心，有金刚法力。后窜去则令人怀想。临行之际留诗云：

珍重郭四郎，临行不得别。
晓漏动离心，轻车冒残雪。

欲出主人门，零涕暗呜咽。
万里隔关山，一心思汉月。

"万里隔关山，一心思汉月"句，有唐风，下笔正大浩荡。捧剑奴今存诗二首，一为《题牡丹》：

一种芳菲出后庭，却输桃李得佳名。
谁能为向天人说，从此移根近太清。

一首无题：

青鸟衔葡萄，飞上金井栏。
美人恐惊去，不敢卷帘看。

诗未必好，然"捧剑奴"三字佳妙，妙在"捧"之一字。举剑奴、持剑奴、携剑奴、佩剑奴、铸剑奴，生气是有了，却少了素然与肃然。素然里有肃然好，想起金玉奴，棒打薄情郎的金玉奴。

捧剑奴如紫砂壶，金玉奴是明青花。捧剑奴如墨，雉尾生是水。捧剑奴性阴，雉尾生纯阳。

二〇一七年六月三十日，合肥

木奴家风

李衡呼橘为奴,畜其养家。李衡为三国时吴人,官丹阳太守。种柑橘千株。临死,对子遗言:"汝母恶我治家,故穷如是。然吾州里有千头木奴,不责汝衣食,岁上一匹绢,亦可足用耳。"可谓木奴家风,清白庄严。

李衡后有苏东坡,好种植,尤好栽橘,云:"当买一小园,种柑橘三百木。"后来齐白石感慨,立轴《柑橘黄时》题跋"当画柑橘三百幅,与东坡抗衡也"。争得好文气也,比争座位格高。

柑橘有富贵气,三百木柑橘越发富贵。我去过柑橘园,橙黄之际,一片灿然一片苍莽,远望得气,得富贵气。

少年好才子气,中年要富贵气,老年求健朗气,永年永昌,如意吉祥。

二〇一七年七月一日,合肥

花是主人

洛阳，千唐志斋。黑的墓志，一方又一方。金戈铁马，骑驴看花。不知人从何而来，却知终归何处。

花是主人，谁非过客。此八字张钫先生所言，刻在石屋书房门侧，书房名为"听香读画之室"。"听香读画"四字是我前生之志今生之志来生之志。张宗子云："人无癖不可与交，以其无深情也。人无痴不可与交，以其无真气也。"

胡竹峰道：人无志不可与交，以其无心性也。

谁非过客，听香读画。

二○一七年七月四日，合肥

游石林记

独木不成林,独石亦不成林。密石成林,人称石林。

石林只有两种颜色,乱起的黑石和石缝里的绿树。那些石若古墨,墨分五色,一时缭乱。

蓝天在上,头顶的云一团团密集,白而虚,阳光落下也一白。树簇簇乱生,一片光罩着,越发苍绿,绿而静。有两株树连成一体,自石缝中长出,以为它们永无出头之日。抬头一看,生生高过四周石头半截。阿弥陀佛,我们是同门。

石林之林佶屈聱牙,半圈走下来,像读了一卷《昌黎集》。韩愈说周《诰》殷《盘》,佶屈聱牙。实则他的诗文也佶屈聱牙。

石林之石骨骼嶙峋,远看有兵家气,一身不平。兵戈乱起,向天呐喊。

石隙错综，沟壑复杂，择一缝而入，愈进愈深，走一圈又回原地。

石隙错综，沟壑复杂，择一缝而入，愈进愈深，无路处豁然洞天。

一尊胖石若佛，一尊皱石如仙，一尊怪石似兽，一尊瘦石像笔，手抚其上，祈祷石笔赐人好的命运，笔健人也健。人来了又走，人皆拿手摸那石的突兀处。经年积月，石闪闪发亮，像涂了蜡，生出文气来，略有竟陵派文章的意思。与一尊石看久了，恍惚浮起刘侗《帝京景物略》的辞章。

在石林寻幽探路。安宁，宁静，静寂，寂寞，寞然，然后怀古——有石头像龚贤笔下的焦墨山水，在无上清凉世界里寂寞。阿弥陀佛，我们是同门。

入口处有人叫卖杂物，阳光忽烈，我们离开。行百步，忽闻桂花香。时在七月炎夏，幻境乎。

此石不孤，此行不孤。同游石林者，彝人包倬。

二〇一七年七月二十日，合肥

山河在

入得山里。不知山之大,不知山之高,但知山之多。一山连一山,一山连一山,一山连一山,一山连一山,一山连一山,一山连一山,一山连一山,一山连一山,一山连一山。山连山,山连山连山山山。

群山重重,你怎么超越得过?

夕阳在山,山影散乱,人迹一个也无。忽生悲意,不见古人,不见后人,唯有山在,唯有河在,唯有我在。我不在,山不在,河不在,日月不在。

二〇一七年九月二日,入徽州途中

游屯溪老街记

好月色也。街灯映着食铺楼头一溜粉红纱笼，春色蔓延，饮食男女无分别。

此地宜买醉，三五人，微醺，踏一街月色，勾肩搭背而回。步石路，入弄巷，商客杂糅。匾额无数，物产无数，只取两册闲书入囊中，行人聚散如云。

穿行数里，已近午夜。城音渐寂，市声依稀，顾影颓然。归宿处食柑橘一枚，清甜如秋色晨霜。

二〇一七年九月三日，屯溪

天下白

空坐楼头,秋风起山野,自窗口看见。不知风自何来,不知迹归何处。几万万里之外,星辰落在银河。一人独坐,呆若木鸡,心底天地苍茫。秋风星辰是岁月天地的,也是独自一人的。文章是岁月天地的,也是独自一人的。

岁月忽已晚。想起一个老人,布衣葛服,在纸窗下以墨为饮。笔底漫漶,斑斑驳驳是他的年华。年华老去,文章留下。年华不老去,文章也留下,好文章留下。好文章有天数,一段活泼泼天赐良缘。坏文章人留天不留。

淡淡的墨迹淡淡的梦影。梦淡了好,梦里不知身是客,一晌贪欢,醒来惆怅。梦淡了好,文章淡了更好。《二十四诗品》,尤爱冲淡。

鸡鸣枕上,夜气方回。一只公鸡在黎明稀亮的天光里长鸣,决绝、孤寂又一脸烂漫诡谲笼中,毛色灿然。多年未闻鸡鸣了。鸡鸣是徐渭的猿啼、鲁迅的呐喊。

好文章不过一阵风雨一块金玉一方木石一声鸡鸣一天下白。

二〇一七年九月七日,合肥

怕 也

怕痛。怕死。怕重。怕冷。怕热。怕病。怕穷。怕苦。怕热闹。怕孤寂。怕尘俗。怕风雅。怕夜不能眠。怕饱食终日。怕食不果腹。怕话不投机。怕喋喋不休。怕才子气。怕头巾气。怕高头气。怕报章气。怕词不达意。怕灾梨祸枣。最怕人生无福，怕命运多舛。

二〇一七年九月十九日，合肥

奇　崛

九华山。二〇一七年九月十九正午，峰高月明，透明。

透明的月如损了半边的古玉盘，土沁在焉。月离太阳两丈余，淡云系着。山里芒花一片，触目白茫茫。初秋的沟涧有层雪意。雪意是白石，是山水，是芒花。停车，推窗远望，仿佛冬晨醒来，窗外飘雪，更像是早春轻薄之雪——桃花雪，轻轻的，薄薄的。

早春轻薄之雪好看，轻薄如日本文学。一些日本文学行文轻薄如蝉翼，蝉翼里现禅意。近日看《枕草子》，轻以心性出，薄以灵性出，其妙处正在轻薄。奇轻薄以苦寒，偏偏不哭喊。

山居饮酒，友人大醉，索纸笔，以地为案，不成书画。我索"奇崛"二字，果然奇崛，有酒气、怪气、乱气、神气在焉。

《梦笔生花》跋

晚饭。三条鲫鱼新鲜，在碟子里鲜活如生，实则熟透了。喝了杯黄酒，宣城的古南丰黄酒。瓶子上印的是"古南豐"，三字由简入繁，仿佛喝酒。饮茶是删繁就简，喝酒却化简为繁。黄酒下肚，又喝了杯红酒。酒意上来了。酒意者，诗意也。

人不可不醉，不可大醉。归家，酒意不散，如烟似雾里看《梦笔生花》水墨。车前子来皖所赠，妙品，妙在花苞如笔，新生喜悦，心生喜悦。李白少时，梦见笔头上生花，后天才赡逸，名闻天下。老车好意，送我吉兆也。

二〇一七年九月二十日，合肥

酒风浩荡

茶风要婉约，如溪流潺湲。酒风须浩荡，江河呼啸般最好，不善饮，却心慕不已。所谓痛饮，剧饮千杯男儿事。

酒之优劣不论，酒风浩荡，山高水长。水何澹澹，山岛竦峙，此景可以痛饮，饮的是一卷山河。白云满地江湖阔，此时饮酒亦好，饮的是逍遥游。

客散酒醒深夜后，更持红烛赏残花。究竟无哀乐，到底浩荡。

二〇一七年九月二十一日，合肥

大似后人

　　逍遥游。庄子文章的妙处我以为在此三字。载道也罢，言志也罢，做不到逍遥游，也就没有烟霞，没有跌宕。己丑年辛未月，重读《庄子》，始知难逃匠气，索性不逃。匠气深了有将气，将气深了有士气。

　　凡作文欲不似前人，凡作文欲大似后人。前人作文，后人吃苦，欲乘凉者，且去别人家大树底下。

　　二〇一七年九月二十一日，合肥

独望春风

　　午睡醒来,太阳下山。好福气。人近中年,方知好福气不过午睡醒来,太阳下山。窗外阳光斜斜地打在楼下的树头,看着秋光,再睡一会。人近中年,方知好福气不过太阳下山,午睡醒来,再睡一会。

　　一闭眼想烧菜,于是起床,兴致颇高,很久没去菜市场了。买来青菜,荤油清炒,好吃,丰腴如少妇独望春风。

　　　　　　二〇一七年九月二十一日,合肥

骀　荡

汪曾祺画玉兰花，题"骀荡"二字，大雅博伦。汪先生的文章也可谓骀荡。庄子骀荡，列子骀荡，屈原骀荡，魏晋骀荡，唐风骀荡，宋人骀荡，散曲骀荡，公安骀荡，竟陵骀荡，鲁迅骀荡。

春风骀荡。

周作人说："文人里边我最佩服这行谨重而言放荡的，即非圣人，亦君子矣。其次是言行皆谨重或言行皆放荡的，虽属凡夫，却还是狂狷一流。再其次是言谨重而行放荡的，远出谢灵运沈休文之下矣。"

荡的是轻是气是意。

二〇一七年九月二十二日，合肥

前天与昨夜以及今晨

前天晚饭的大蒜好吃，佳妙在不似之似，不像蒜而实为蒜。蒜皮灰褐色，剥开，蒜肉团团如齐白石笔下的雏鸡，茸茸有懵懂意思。一连吃了三个，入口香糯，仿佛年糕，无丝毫辛辣，味道有初秋晨意。

昨夜与友人相步天鹅湖。天鹅已去，湖水依旧。湖水年年到旧痕，水中光影交横，漾起空明，岸边如海市蜃楼。在树林穿梭，行人寥落，秋天夜晚的树林葳蕤气淡了，四野寂静，有一段华丽的豹隐南山。

今晨一觉醒来，天阴气凉。起风了，风吹帘动，帘动风吹，吹动风帘，帘风吹动。风声传来，风声里秋声来了。今日秋分，秋气堪悲未必然，轻寒正是可人天。歪在床头，一闭眼看见草木染黄，雁字横秋。此时的乡间，谷物收仓，满树石榴挂红。荷残了，秋林景色渐好。一盘白菜，半碗稀饭，是我今晨的早餐。

昨日的早餐也是一盘白菜,半碗稀饭。前天的早餐是半碗稀饭,一盘白菜。何如白菜常清淡。

二〇一七年九月二十三日,合肥

登京郊无名山记

居京城数日,遇鱼吃鱼,逢肉吃肉,见菜吃菜。吃饱了睡觉,睡醒了吃饭。内心如洗,无一事挂碍。此大隐于京耶。二〇一七年九月二十八日,午饭前,无所事事,无与之言者,独行京郊无名山。阳光大好,草木鸟虫皆不识我,我也不识草木鸟虫。山风偶来,树叶浩荡,一只蚂蚱跳至石缝。山下人影渐小,如五色豆粒移动,城内楼宇如海,与天相际。不知山路过了几里,但觉双足疲乏。忽见文华亭,就此歇息,不复上行。文章不可贪,文境亦不可贪也,得文华即可止也。

登长城记

此时此地，如果有雪，是有意思的。雪正在下或者已经停了，雪落长城或者雪盖长城，都是有意思的。墙头一片雪中，有墨色，有留白。倘或雪开始融化，大块的黑衬着大块的白，更有意思。

秋日无雪，秋阳似霜。

来京十余次，今日初登长城。上得城头，或远望，或近观，若有思，若无思。城已易砖易石，山也易树易草，登临客易了一天天一年年无数。

残垣废台极美，美在沧桑上。枯荣盛衰，城有了生命。长城如龙，山起则龙升，山落则龙降，往复盘旋如藤架，不知其首不知其尾，或无首无尾耶。人在城墙上，又在城墙下。城墙在山之外，山在城墙之外。

山在城墙上，城墙又在山上。山是城墙，城墙也是山。攀登时一步步数着脚下的台阶，不多时眼乱如麻，于是重数，数不胜数，眼乱心也乱，只得作罢。

走过一个烽火台，又走过一个烽火台，觉得那楼台近在眼底，上得前来，前方又见一烽火台，一座连一座，不知何处是尽头。呆坐良久，思忖并无尽头。忽然解脱，下山吃午饭去也。这一天是二〇一七年九月二十九日。

手帖（二〇一五—二〇一九）

芥子纳须弥，一千字是我的长篇。

反复回味的是一杯茶一枝花，是雨后的天色和云中的月光，是年轻的事与酸甜苦辣。

不积不发，不养不蓄，无纲无领，有天有地。

写作和阅读不妨坐天观井，坐在天上看一切。把自己剥离开，从上往下看，从今往后看，从外朝内看。

先解决义字问题，文字是文学的门槛。要走大门，文学不能开后门、捞偏门，更不要出远门。跨过门槛后，房子还很多，不要在厢房、耳房、厨房、卧房逗留太久，直闯正屋，慢慢看。

不执着于一个点，文学发展到今天，应该有意识地做超人，立足空中。表面看，似乎没有立足点，恰恰立足于一切。读懂中国的书，读通西方国外的书，或者读懂西方国外的书，读通中国的书，以大文化做根，试试。

散文写作应该抱残守缺，散文是地方戏。地方戏之所以伟大，是因为偏安一隅，如果风格上靠近歌剧、话剧、京剧，没有自家面目了。吸收之目的是成全自己，并非模仿别人。

不要走到一个预先设计的语境里，非得打开那个东西。裹住一切，只能停步不前。

写作说到底，本相耳。天生丽质、乱头粗服最美。没有天生丽质，那就修，修出丽质。乱头粗服不是做作的乱头粗服，起床后，洗个脸，把头发绾一下。这样很好，可以出门了。

人生像石头，滚在时间与社会的大河里，不要看见别人滚得快就羡慕，滚得快碎得快。滚慢一点，最好能找个河湾停下来。要有做巨石的野心,有人要做鹅卵石,且由他去。

我打算一周时间不沾油腥,清理清理身体。油吃得太多,文章都油滑了。

文学,先要倒过来念"学文":学文章的作法,学完即忘,忘记了,宗师气度,忘不了,匠人一个。

文章动笔了,不要停下来,一鼓作气,再而衰,三而竭。

刹那的野心要一辈子经营。没有天才,天才都是努力的。写不出来没关系,歇歇也好,不是养气,而是留白,什么也不做,闲在那里,生命需要空白,声名也需要留白。

自我感觉良好,首先得有自我。没有自我,如何感觉良好?

写到后来,一切浮在表相。文本即人,文本即一切。

文学家不需要漂亮，不漂亮的文学家还是少出来见人。

年轻的时候，文学绝对不可以做主业，做文学的远房亲戚，偶尔去串串门。

中国文学有两个大传统：古典传统与民间传统。古典传统会给写作者庞大的文化立场，民间传统会带来无数细微的生活细节。古典传统是骨，民间传统是肉。民国之后有翻译传统，一九四九年后，有无产阶级传统。"捅"得太多，中国文学血流不止、血污满面，终于奄奄一息。

写作要有一笔带过的本领，读书非得入木三分。

用字硬如石，砸开脑壳；行文软似柳，绕树三匝。

文章最怕过犹不及，不及可以添把火，烧过头，坏了一锅好肉。文字是肉做的。

最好的文章——天书写人事。

精致是匠气，粗糙却是生气。生气可熟，唯匠气难除。

写不难，作难，写作不难，写而不作难。一等文章无写无作，唐宋以前可以看到。二等文章无写有作，明清以前可以看到。三等文章有写有作，民国的时候可以看到。四等文章，写不是写，作不是作。

他们真倒霉，撞上鲁迅，落花流水。撞上他们，鲁迅真倒霉，落花流水春去也。

文章一味收，喘不过气；一味放，小孩子穿上大人的衣服，空荡荡真滑稽。

文章之乱是乱草之乱，不是天下大乱。

写着玩，玩着写。写着玩，玩天玩地最终玩物丧志；玩着写，无心插柳柳成荫。

一个人经历过风尘就不需要奉承了。

文章忌平，字词要拧起来，麻花为啥要拧？拧起来才好看。

章法到了后来是束发，束缚住人的发现。

无话不说，无话可说。无话可说，尽在不言中。

文章是生发的过程。文字是种子，让种子发芽，然后长大，开花，结果，坠落，周而复始，春华秋实。

艺术的信徒，遇佛方跪，最起码也要面对菩萨、罗汉、散仙、大神。狐狸精就算了。

文章的点，很难做到面面俱到，有的大见本色，有的句句有文采，有的充满学问，有的趣味横生。本色是情意，文采是辞藻，学问是积累，趣味是天赋。郁达夫的小说、散文、日记，经营的是本色；沈从文笔下着力的是文采，钱锺书一字一句皆学问，梁实秋的《雅舍小品》不失妙趣。本色讲自然，文采讲深邃，学问讲用功，趣味讲天成。前几天，和朋友小聚，满桌子菜，我就想：丝瓜汤是本色，炒百合是文采，红烧肉是学问，萝卜雕是趣味。

散文随笔的写作，差不多是一枝花一棵草一片云一块玉一点墨一段情绪一节旧事。

艺术家不能玩聪明，艺术家永远玩不过聪明。玩到后来，是聪明玩艺术，聪明玩艺术家。

人生就像摆摊，有人卖苹果，有人卖栗子，有人卖香蕉。不用相互羡慕，不用互相诋毁，各卖各的摊，卖完了，收摊回家看老婆孩子。

写作上我太喜新厌旧，反反复复，朝秦暮楚。

文章又不是音乐，绕梁三日干吗？

我写作如减肥，斤斤计较。

惜墨如金，写多了就是土。寸土寸金，土依然是土。

心气高未必是好事，小商贩学大富翁派头，三天后，破产了。小作家学大宗师气度，徒增笑耳。

友人说:"写豪语、奇语、瑰语,都如举大锤横扫六合,需要的是大力气,才能举重若轻。"豪语、奇语、瑰语,我喜欢的,可惜没有大力气,只好持才气,可惜又无才可持,我就潦潦草草、意气用事。散文随笔的写作,有点意气用事也好,意气之下,虽无瑰语,但豪语频出,奇语云涌,不致落入俗人窠臼。

数量与质量无关,都是个人造化。

散文之散无定法,坐实之后,虚而灵。功夫在字外,文气上下功夫,不看内容,看感觉。气息要散淡,散淡之间,不可太紧。

拙朴文章从秀丽出。

文章滞涩比顺溜好。滞涩不是晦涩。晦涩者,大俗也。文章宜通透,通是通气,透近于明,故宜以滞涩。

白话文最大的毛病是白,苍白、惨白、煞白,平白是无辜的。

文章也要有墨法。浓墨、淡墨、枯墨都要有，浓墨谨防情绪太过，淡墨最好平滑如水，枯墨要见秋色。

老庄于无墨处求笔，以枯写荣，以荣写寂，寂中写出热闹，热闹时有冷静，冷静而出热血。

一等文章一针透骨，二等文章一针见穴，三等文章一针见痛。

活着，要鹤立鸡群或者鸡立鹤群。

素描之素作动词用，写淡一点，写轻一点，轻描淡写。

短文章如刺刀，狠、准、透。长文章像舞鞭，应该摇曳多姿。

文章可以写得细腻、纤巧。这种细致，不流于脂粉，是正清和，味道慢慢沁出来，渐成合围之势，仿佛暮色四合，引得人进入那氤氲境界，舒服得不想出来。

写作的时候,心里惦着文章妙处,觉得浮生多苦亦有尽头,终究还有些指望。

典雅最难,要修。文章千古事,妙手偶得之。妙手之外,还有修心。

写诗作小说是天分,写散文则是修来的。红尘万丈,一点点修炼。

我希望靠文章和学养保持尊严。

革自己的命,与他人无关。

好的文字仿佛一滴宿墨滴入水中。看那墨发散再发散,洇开的过程极其有味。有味差不多就是好文章之注脚。

有人文章辽阔如湖泊,有人文章辽阔如大海,有人文章辽阔如沙漠,有人文章辽阔如草原。湖泊文章有静气,大海文章有豪气,沙漠文章有浑气,草原文章有清气。有些文字静气、豪气、浑气、清气都有一些的。好的文章"人性复杂、命运多舛",绝不会一体。

游记极难写。《水经注》的写法，明清小品的写法，郁达夫的写法，在今天都行不通了。网络与数码时代，给写作带来了新的要求。今人再写游记，描摹山水之类，自然只能沦落为末流。以文化入山水。文化是虚的东西，山水是真实的存在。只有山水，未免单调；只有文化，未免虚空。文化让山水有了想象，山水是文化的注脚，文化是山水的旁白。

古人游记是边游边记，现在的人需要边游边想。

有些文章有酱气。这个酱气不是酱油之气，而是酒之酱香。酱香厚而重，浓香轻且灵。

一味求文化，一味求大，一味求散文，于是支离破碎。文化大散文是三位合一的写作，是天地人的写作，文化是根须，大是脉络，散文是枝叶。

神秘的芬芳潜藏到时间黑巷深处，需要岁月沉淀之后才能打捞。

久居书斋的人，多不见乡野礼赞。

知道太多,最怕思想不得畅达,文章显得逼仄。

写作者重要的是思想文才,口才无关紧要,口锐者天钝之。我不敢狂妄,只是挑着一篮子鸡蛋上街,避开些人才好。

才气,元气,真气,是文学三脉。"气"的繁体字"氣"下有米,当下文章多无米之气,落不到实处,终入不得一流,这也是明清小品不如唐宋与魏晋文章的原因。

才气是天生的,元气要养,真气要修。近年时刻告诫自己时间和身体不可浪费,要养气,气息足了,文章才能贯之神性。

短文章难写,短文章是道家的写法、佛家的写法,拉拉杂杂。这拉杂不是东扯西拉,是会意会心,是老僧闲话。一个人境界不到、修养不到,还是老老实实按照文章的章法写才好。不破不立自然不假,第一步先得按规矩办事。不破不立,破的是规矩,不懂规矩,只能破坏。

短札，短是其表，重要的是藏在后面的东西，所谓"此中有真意，欲辨已忘言"，还是要在忘言中找到真意，让人若有思，在智慧的电光火石间若有思。

诗意和哲理之类，是零碎的、断续的、明灭的，如油灯，如烛火，能跳动。短文章难写，不少人写短文章，倦意太足，全凭一点余兴支撑，文字没荡开。篇幅可以短，文气不能弱，更不能带倦容。

去章法，不修不凿，盘虬卧虎，随水依山，如河岸孤立的巨石，此可谓孤傲文章也。

杰作总是选择着作家的，杰作择人，可谓受命于天。《逍遥游》《离骚》《史记》《赤壁赋》《水浒传》《西厢记》都是天地间早就有了的。

早年写作，避实就虚，御风而行。大翮扶风美而壮，奈何人生不出翅膀呀。如今主张脚踏实地，写得越实，文里的境界才越虚。《金瓶梅》《红楼梦》，家长里短，吃喝玩乐，但人读来恍恍惚惚如坠梦境，这就是坐实为虚。

我只要外出，总一脸疲相。在家中歇息，顿觉心旷神怡。坐于椅，坐于墩，坐于厕，皆能身静思安。站着为人，坐而成佛。成佛的事情不去想他。坐而得道，得文章之道，也说不定，释迦牟尼正是坐在菩提树下悟道的。

经营过度反倒不如拙一点。

文章声调应该小，如雷贯耳是气。

立意还是重点，眼光决定终点。不怕眼高手低，眼低手低才无可救药。

生活细节当写出街头积水倒影之感，手拈鲜花、笔触轻者为上。

古人崇山峻岭，史料难得，今人史识难寻。

有一说一，借题发挥。

散文单薄了不如剑走轻灵。有人写八千字，依旧单薄，王羲之十二字《奉橘帖》，读来意犹未尽。

只说闲话，不争闲气。

文章诀，不过此四字耳——恰到好处。

文章之静气，当如山林雾霭，又似湖水清咽，仿佛茫茫池泽。

一个写作者，才情最是难得。学识靠读书可得，技巧靠学习临摹，唯才情天生不可求。

散文不能不抒情，没有抒情的散文，过于冰冷；抒情过度的散文，容易幼稚。

好文章色香味俱全。

文字不患淡而患寡。

重剑无锋，大巧不工，艺术何尝不是如此？

无边黯然如恒河之沙。

心思澄明，棚架上吊着一个南瓜。

不必动辄将自己逼上绝路。绝处逢生，人不能也不必总在绝处。

过自己喜欢的日子，读读书，写写字，熬熬夜，睡睡觉，烧几道菜，煲一钵汤。一个人不可以选择生，但可以选择活。

散文对我而言，是逆流而上的。

一个人的读书趣味，总是在变。

长话短说，废话少说，偶尔忍不住，说了些闲话。散文写作中也应该有渔樵闲话，散文需要人情之美与蕴藉之风。

小中见大，大中见小。

最好的写作，心态上要么近中年，要么近老年。近中年，方有急迫中的从容，有惊慌，有感慨；近老年，有泰然，有淡泊。最怕心态已中年，不上不下，不左不右，未免消沉。

散文是借力打力，随笔要隔山打牛，王羲之杂帖的境界要比唐宋古文来得高。

小说是才气，散文是性情。

深信不疑，且信存疑，不信多疑，不信不疑。

四顾之际，心生惘然，惘然生怅然，怅然生爽然，爽然生淡然。

文字不满，才有文气横溢。

好文章如太湖石，皱、漏、瘦、透，亦为文章诀也。

文章要放一放，养一养，养不出包浆养得出旧气，养出老树新枝，那是意外也是造化。

儒风正大。怪力乱神须以正大做底子，若不然，终是小了，沦为野狐禅一路。

手串记

聚而成串,散则为珠。一珠之微,可藏人气,尤其是木串。

手串戴久了,颜色渐深,起了淡淡的包浆。岁月千流,邈不可即,包浆是时间之影迹,是人的情意。

二〇一七年十月十七日,合肥

食　酒

三十岁前，酒只是不吃，不管好吃不好吃。饭饿了就吃，不管好吃不好吃。病时，忧时，体倦时，神疲时，尤其多吃，饭长精神。三十岁后，酒逢喜气时吃，病时，忧时，体倦时，神疲时，杯酒大醉，不敢饮也。平生不喜欢喝酒，却爱食酒者。颜师古说："食酒者，谓能多饮，费尽其酒……"汉朝于定国食酒至数石不乱，冬月审理案件，饮酒益精明。食酒至数石难，不乱则更难，饮酒益精明则难之又难。昨夜饮花雕一升，可谓食酒乎。

二〇一七年十月十八日，合肥

脚忽痛

脚忽痛,无有前兆,不肿不胀。昨日健步如飞,今十步万丈,不能多走。好在痛可堪忍。人求富贵安肉身,岂不知肉身安处大富贵。

二〇一七年十月二十日,合肥

《金瓶梅》跋

　　万历丁巳初刊本至今四百年，此"梅"四百年不谢。好文章与人世共，人世存而文章存，人世灭则文章灭。不朽乃人世之不朽，非宇宙之不朽。世间万物终归寂无，此大悲也，天地之不仁如斯。《金瓶梅》之好，好在朽，好在无可奈何，故欢喜如香柱之火星，火尽香散。人兴于欲亦灭于欲，饮食男女，人之大欲，方以淫靡之笔点染铺陈。读《金瓶梅》不可不读猥词，不可专读猥词。

　　　　　　　　二〇一七年十一月一日，合肥

闲　笔

江南的春色只是富气，秋色却多了贵气。江南的秋色有一种落魄的贵气，或者说有一种王孙中年的贵气。北方呢？北方的春色有英气，秋色却雄健，如披麻皴，即便冬天也像烈士暮年，像曹操的诗，不似江南冬天的味、冬天的色、冬的意境与姿态，只剩萧瑟。

江南是温柔富贵乡，苏杭一代尤甚。近年频频出入苏杭，爱的是温柔富贵。温柔增意气，富贵长精神。《红楼梦》里说温柔和顺，似桂如兰。

温柔和顺、似桂如兰也是好文章的品质之一。

二〇一七年十一月三日，合肥

《中国文章》 前记

　　出家人悟禅讲究本源。大学士丘濬过一寺庙，见四壁俱画《西厢》，疑曰："空门安得有此？"僧道："老僧从此悟禅。"问："从何处悟？"答："临去秋波那一转。"作文免不了师承免不了偷艺，艺之道，可以古为师、以自然为师、以心为师。

　　这本集子取此书名，只因收有一篇题为《中国文章》的文章。中国文章是东方美学山水间的宫殿坛庙寺观佛塔亭台楼阁与民居园林，风景迢迢，花鸟虫鱼悠然自适。中国古人作文章，以业待之，心里有切切意，面目清严妙喜。

　　冬日黄昏，寒雨湿窗，灯下偶得数语以记。

　　　　　　　二〇一七年十一月二十日，合肥

富贵闲人

横泾在苏州。出苏州城五十里地，一平到底，不见一座山。暮色中闻到草气，空气湿润，迷糊中转头看向窗外，淡淡的天的颜色里，农舍田园在望。

风轻轻吹来，时令是秋冬，却不觉得冷，一点点清凉如澡雪精神，倏地到了心上。站在农家的院子外，前后左右看，黑皴皴的民舍之外，是深远的田畦，田畦临近太湖。太湖的风十分清净，无沙无尘，没有树，看不见风的踪影，只觉得被那风包裹着，一阵通透。

横泾的民宿好在民俗，触得到江南生活。青菜，芫荽，萝卜，石榴，世俗生活。农人在门前的稻田里种油菜，稻茬半尺高。

小院里一棵橘树，从窗下俯视，极美。橘树上挂满果子，青黄相间。每日里从树下进屋，从树下出房。

在横泾四天，见一回落日。落日走下天空，半天火云。阳光如幕,打在横泾的乡野。秋天的野草镀了一层金粉色,苍莽如古画。

在横泾四天,做四天富贵闲人。

二〇一七年十二月四日,合肥

忽起文意而已

晚饭饮白酒二两,归家忽起酒意,忽起文意。文意纤弱,酒意拂拂,睡意凫凫,结伴而行。终不得成文,解衣安寝,无话。这是二〇一七年十二月六日的事。

此为昨夜酒后所书,人生难得薄醉,薄醉安神。犹记酒后忽起文意,不知写何字,不知作何意,忽起文意而已。

心如莲花

　　世人常谓文章无用，岂不知文章的妙处正在无用。诗文超然辞章，意思消散，远游自适与外物交接，亦不与外物，心如莲花也。
　　　　　　二〇一七年十二月九日，合肥

解　脱

　　心绪颇拧，忽然解脱。解脱在无挂碍。下午见路边菊花清狂野逸，不作忸怩儿女情态。

　　竹径通幽处，禅房花木深。人心常常如此。人心在"平畴交远风"一句，方得解脱。

　　　　　　二〇一七年十二月十一日，合肥

如　意

存印数十方，闲时钤之书册。用得最多的是"如意"章，仿齐白石单刀。

人生难如意，故妄想如意。读《东坡志林》，见有人吹洞箫饮酒杏花下，觉得如意。然大如意还是饱时吃饭，饭了好睡，醒来又吃饭。

如意有三，动静相宜养身，无牵无挂养心，知福惜物养德。

二〇一七年十二月十五日，合肥

独尊酒神

书桌后有一柜子，上面堆有常用的书籍。近来在柜子上放了几瓶酒，有红酒有白酒有花雕。酒里有神，酒神。坐在酒前读书作文，觉得能得酒神精神。酒神者，行无踪迹，纵意而为。以天地为房舍，以刹那为万年，以万年为朝露，以日月为心，以心为八荒，以八荒为尘埃。不悲不喜无思无虑乃至无我无无我。好文章当有神，金石神珠玉神蔬笋神山林神江水神湖海神。近来独尊酒神。

二〇一七年十二月十七日，合肥

下笔有种

　　读书万卷,下笔有种。亲到其处,始觉有种之妙。世人但知有神之妙,识得有种之妙者,尤为不易也。

　　　　二〇一七年十二月二十日,合肥

得橙札

包倬兄：

　　收到寄来的一箱橙子，好情致。情意绵绵如《奉橘帖》。

　　我老家不产橙子，柑橘却有。旧居庭院曾有一棵柑树，每年挂果极多。柑极酸，霜打后亦然，人多不敢食也。小时候在树下读书，那种情味至今惦念。

　　云南安徽遥遥几千里，得此馈赠，幸甚幸甚。合肥久晴，日日好天，遥思昆明，此时想亦添秋气矣。言不尽思，珍重。

竹峰

　　二〇一七年十二月二十日，合肥

若失自身

读人家好文章,觉得说的都是自己想说的话,若失自身。若失自身,仿佛前世。

二〇一七年十二月二十七日,合肥

酒诰

无酒不成席，我当然也喝。今年饮酒十二场，天增岁月人增寿，唯酒量不增。多喝易醉，往往做不得事。尧舜千钟，孔子百觚，子路十榼，李白斗酒，古之圣贤无不善饮。我本布衣，三杯即乱，明年决定戒了。

熟也罢生也罢，官也好民也好，无论男女老少，不分贫贱富贵，多吃菜少喝酒，认饭不认人。买酒费钱，喝酒伤身，此事两相无益。座上皆是客，相逢茶一杯，正可谓君子之交。酒少喝或不喝，对谁都好，对我好，对你更好。以此告四方友朋，也警示自己。时在二〇一七年十二月三十一日。

元日试笔

早晨七时醒,赖床片刻,起身梳洗。吃饭,饮茶,碧螺春,春绿杯盏,欣欣向荣也欣欣乐康。燃一炷香,青烟轻浮而上,徐然四散。坐在案前看香闻香,看书玩墨。新年第一天,空气里飘浮着各色神灵,文学的神,吉祥的神。

本欲登山,窗外有霾,只好闭门不出。心旷作天马游,比《逍遥游》更逍遥,神远八极。在楼头俯瞰,一城生气,生气是生机是人气。人要好生气,少生气。

二〇一八年一月一日,合肥

梦　神

梦如雾气，梦性阴。白日里太阳神在，阳气重，雾气消弭，故梦神诺诺不敢出耶？夜里做了几个梦，当时很真切，早餐之际，依稀有痕。饭后忘得干干净净。

我白日睡觉不做梦。

二〇一八年一月二日，合肥

凉

寒日飘雪,天气大凉。雪凉如壮锦万丈,辽阔有兵家气。霜凉像是一方水墨小品,文弱有书生气。最爱墨凉,盛夏时一挺徽墨在手,幽幽清凉沁人。

二〇一八年一月九日,合肥

二〇一八年一月三十一的月蚀

　　大雪初霁,白光染尘,夜晚犹散微亮。月色与雪地互映,天地隐然有珠玉气。夜七时四十八分,月下现一黑晕,点点蚕食。小女五岁,楼头惊呼,出入窗口厅堂,雀跃报讯。不多时,月剩一弯钩,如狼牙,洁莹可爱。小女不忍入睡,频频问讯。开帘卧床遥望,月牙古铜似旧画,泛红光,渐渐阔大,一月皆红。

　　吾乡人以日为公,以月为婆。日不能直视,月则可赏玩。月食更可赏可玩。小室灯火清荧,辄于此间得天象佳趣。

立春大吉

　　昨夜睡眠甚佳，精神大好。今日外出，一路步行，像小时候春节拜年。阳光下积雪缓化有冰融释然之意。空旷的街道上有喜气，喜气也正是春意。

　　今年二月初四立春，立是开始，春乃萌发蠢动，阳气动，阳气是生长之气。立春之后，百草苏醒，一片吉庆。人生多歧，多些吉庆好。吉庆平安，万事如意，那是造化。

　　立春日吃春卷。春卷以菜籽油炸至金黄色，香美松脆。

静有神

今日除夕,宜静不宜动,镇日房门未出。静养神,心神。静迎神,喜神。在家包荠菜饺子,故家的荠菜故家的猪肉故家的鸡蛋,形极劣,然滋味甚妙。一口红黄一口绿意,更有一口如意一口旧时岁月。

二〇一八年二月十五日,合肥

新正帖

  大年初一，吉辰佳期，抬头见喜，低头见喜，扭头见喜，转头见喜，处处皆喜，处处有喜，万事如意。

  二〇一八年二月十六日，合肥

春迟帖

南方自不必说，皖地柳条疯长，北国春迟，三月过半，院内树芽寸长而已。饭后散步、晒太阳。近日微恙，正午阳气旺，可增身体元气。见一大喜鹊，极肥硕，黑羽蓝翅白腹，顾盼生雄，隐隐王气在焉。又见一红嘴蓝鹊，尾翀近尺长，机敏之至，树间跳跃如松鼠。稍一近身，即惊飞而别。

二〇一八年三月二十日，北京

不　扫

　　落叶不可扫，残花不可扫，茶渍不可扫，其美在残在落在斑驳在无可奈何。屋舍不可不扫，不可勤扫。三日不扫，和光同尘，自有清净。

　　二〇一八年三月二十一日，北京

两株树

非亲到其处,不知《秋夜》一文纪实。八道湾鲁迅旧居的院外有两株树,一株是枣树,还有一株也是枣树。院内有两株树,一株白丁香,还有一株白丁香。《鲁迅全集》二十卷,《野草》月华光洁。

旧居无俗韵,多文气多茶气多酒气多意气。此地宜喝茶,宜饮酒,宜对坐,宜闲聊,宜著述,宜翻书,宜回忆鲁迅,宜回忆知堂。

前院有两个人,一个周树人,一个胡竹峰。后院也有两个人,一个周作人,一个还是胡竹峰。

二〇一八年三月二十二日,北京

春食记

春食之美在春。春为青阳，春为发生。春者，天之和也。春，喜气也，故生。春天的食物，生机勃发，欣欣向荣，让人心旷神怡。只是太短暂了，仿佛春眠。

"春"字在甲骨文里从草从木，草木春时生长，中间是"屯"字，似草木破土而出，土上即刚破土的胚芽，寓意春季万木生长。故春食第一美者，草木也。甜豆、豌豆、水芹、莴苣、油菜、菠菜、香椿、笋、瓠、韭、枇杷、樱桃、茭白、荠菜、马齿苋、蕨、马兰头、枸杞头、榆钱、野蒜、槐花……

二〇一八年三月二十七日，北京

梅花闲笔

梅树下闲逛。有些花开始露出残相了,他年的花不是今年的花,他年的人亦非今年的人。花下坐着,有风吹来,拂乱地上的花瓣,拂落树上的花瓣。花瓣悠悠荡荡,飘在头发上,有一片贴在脸颊,湿润新鲜。花瓣在空中飘飘摇摇,水面纷纷扬扬一白,红色的鱼银色的鱼黑色的鱼跳起,啪地落下。人定在花雨中,真真觉得落花似雨。莫名伤感了。

二〇一八年四月二日,北京

夕阳下

夕阳下，柳絮微红，忽然想吃一碗炒河粉。

居中原时常吃炒河粉，掺牛肉、豆芽、青菜、鸡蛋。油不可多，多则腻；油不可少，少则干。

太阳西矣，炒河粉三块五，邻座喝啤酒的男人脸色酡然。

离开郑州已经八年，八年没吃过炒河粉了。

二〇一八年四月二十日，北京

生气聚此

春天生气兴盛,草木萌发。草木依地气而生,地气有生气,我乡俗选屋场以生气为主。风水中的生气实则是地气。旧小说中,狐吸纳得人的生气采补修道。人的生气是精气神气,人无生气则精神颓靡。写作要有生气,好生气是生机。人不可生气涣散,故请长安高建群先生书"生气聚此"四字自勉。生气聚此,抱元守一。

二〇一八年四月二十一日,北京

以散声色气也

  春月夜宴,有歌有酒,光影迷离,欢饮至凌晨方归。夜里草径花间树下水榭石边徐行两圈,以散声色气也。声色气不可无,以存俗世心;草木气不可无,永葆自然心。

二〇一八年四月二十四日,北京

游 兴

　　去颐和园。游园之美，只在闲情。皇家并无闲情，游皇家园林也难得闲情。于是上山——万寿山。树下清凉，山气与水气一体，空明温润，靠树解衣而坐，得自在心。此山名万寿，山有万寿，园林不得万寿，人更不得万寿。一万年后，此园不在，此世不在，山安在，水安在，我不知也，但知二〇一八年五月八日之行，游兴不浅。

夜行杨家岭

夜宿延安杨家岭外客舍，小寐忽醒，再无睡意，忽起闲情。与友人一路漫步，行止无法。风吹树叶，天际微澜，不知屋影山影。几点灯火暗淡，帘前一胖大妇人对镜梳洗。昔日一众聚啸于此，吃小米饭穿粗布衣打天下，真是大闲情。今夜我二人游荡，可谓小闲情。人生苦短，有闲情不易。乌灯瞎火，寻杨兆墓不遇，摸黑而归。

二〇一八年五月十三日，延安

故有此记

　　窑洞前栽有柳,树下木桌子木板凳上坐着三五闲汉。有人穿短袖有人打赤膊,有人在大声说话,喝大碗的酒,吃大块的肉。蝉鸣寂寥,太阳渐渐西斜向山,风吹着墙边的旌旗。这一幕可入《隋唐演义》,可入《水浒传》,未入得胡竹峰的笔下,故有此记。

　　　　　　　二〇一八年五月十五日,延安

逛　山

夏日酷热。凌晨与友人逛山，天上星火闪烁，地下萤火迷离。到得山顶，已是后夜，下山至半途，又逢一对逛山人。夜深不识其貌，约知年五十以上，既知风月无边，也知闲人不独我两个。

二〇一八年七月二十一日，合肥

风　雨

神道辽阔，路边石雕有麒麟、狮、虎、羊、华表、石马、文臣、武将、内侍，也有牵马的弁兵。衣着、扣带、毛发纤细如新。秋草青青，扁柏瘦且高，石雕比人高，树比石雕高，云比树高，天比云高，倘或是夜里，自有星辰高过天层。

岁月的风霜斑斑点点撒在石上，与秋雨一起，伸手一触，有季节的秋意，也有历史的秋意。秋雨无声，银灰色的雨丝斜斜地飘扬开来，撑开伞，方听得轻轻的淅淅沥沥声。雨水打湿树枝，伞骨冰凉，执伞的手也冰凉。

六百年前的匠人采石于此，斧锤的钉凿声由近及远，远到六百年前的风雨中。那风雨是明朝的风雨，很多年后，还有明朝的风雨。明朝的风雨烟消云散，明朝的风雨不绝不止。

风雨如晦,风吹雨,风里有雨,雨带着风,风雨不止。银灰色的细丝交织出一张韧而细密的网。人在网中,世事在网中。

二〇一八年八月十九日,合肥

塔里叭与麦鱼

江南升金湖畔人家有一种两头尖尖的小木船，小巧灵活，既用于打渔捞虾，又用于水上运输，名为塔里叭。二十世纪六十年代，升金湖流向长江，河湖经年舟楫往来穿梭，塔里叭像落叶一样密布在黄溢河和升金湖的流水上。

其地有种鱼，形小似麦粒，值麦熟时节上市，人称麦鱼，以小鱼、小虫、水中硅藻类为食。农人捧出烤干的鲜麦鱼，颗颗似珍珠，金灿灿、亮晶晶，头尾齐全，鱼眼完整无缺。其鱼自古被人珍之。

村上首香木潭曾是昭明太子垂钓处。

昭明太子的《文选》，我读过，有法有道。

二〇一八年九月六日，合肥

茶书舍记

茶里有书气。绿茶可入子部，红茶如经书，黑茶是史，白茶仿佛诗词汇编。茶里安详，书间如意。造一所房子，喝茶读书，可抵人生蹉跎。

舍，人也舌也，饮食男女。古人筑舍歇息，作放下意。舍可止，引申为凡止之称。饮茶致虚极，读书守静笃。

此地可看山看水看风雷看雨雪，可观心观世观自在观天地。此地有花有草，不论何名，清赏其美。

茶书舍里有大千。

二〇一八年九月六日，合肥

药　苦

　　药多苦，造物者借苦警心，教人惜爱肉身以久健康。若不然，终有苦头。人世到底有甜头，然甜头不可多尝，不得多尝，不能多尝。天地不仁。

　　少年吃糖，中年服药，始尝人生苦味。

　　人生识字忧患始。

　　人生忧患吃药始。

二〇一八年九月九日，合肥

肉　身

肉身宜俗养，方得富贵气。此圣人食不厌精、脍不厌细之道。精神需雅趣，可脱烟火味。所谓腹有诗书气自华。

天下肉身皆是俗物，脱不开生老病死。人间精神分得高低。

那日读《楞严经》，卷八说得好："是清净人，修三摩地，父母肉身，不须天眼，自然观见十方世界……宿命清净，得无艰险。"宋人方回道得好：

一毫不敢昧苍天，生世明年七十年。
自恨肉身无报答，日常饱饭夜安眠。

二〇一八年九月十日，合肥

大块文章

北地气息还是厚，味厚。山如一锅大馒头，高低起伏，粗壮着。河流也粗壮，如新炸的油条，横亘在那里，富且贵之。未必一味是富贵气，家常滋味，庭院深深。

近年雨水足，春日欣欣向荣，北方近乎江南。秋天沉下来了，地气下沉，走在街头，市声灯影里有话本传奇，有诗词歌赋，有大块文章。

北国苍茫，大块文章。

二〇一八年九月二十一日，北京

画梦录

醒着与梦中常常融为一体,又判若两人。一些光怪陆离的梦,或五颜六色或如黑白照片。梦中清晰如在实境,醒来又一片恍惚混沌,独坐床头发呆,怅然若失。好在有些梦,终留下了雪泥鸿爪。偶有所记,遇则录之,异日追寻,心头越发茫然,不辨醒耶梦耶。

纸上画梦,短言片札,此亦痴人也。痴人说梦,更有那痴人记梦。莫道说梦者痴,更有痴似记梦者乎?

我们走在大山上,那山高且伟岸,路奇陡,四周漆黑。山上没有树,只有石头,乱石嶙峋,大石累累,走得很艰难,但还是上去了。上到山顶,一洗心中郁闷,胸襟为之一清。此时梦常常会分成两节:

一、似乎长了翅膀,一翅飞天,有青云从耳畔流过,飞啊飞,飞到一片虚无。

二、山顶有一间书屋，藏满了各种图书，喜不自胜，选了一大包，书名当时记得清楚，梦醒后忘得一干二净。

附记：这个梦出现不下百十次了，从童年到少年到青年，反反复复。

二〇〇九年九月九日

天气很好。仰头，一束束光从青云间下来，穿过绿叶打在眼睑上，地上一道白又一道白。向阳处，满坡桃花盛开，心生喜欢。桃林空无一人，几只鸡点头啄食，一上一下，俯仰有致。树安静地立着，没有风，桃枝却轻轻颤动，花朵微漾。一望无际的桃花林，中无杂草，阳光灿烂，其上若云兴霞蔚。

二〇一三年二月二十六

青砖围就的庭院，庭院里栽有一株柑橘树，树不知其粗，亦不知其高，一面挂满柑橘，一面不着一果。柑橘都黄了，有些半黄有些全黄，有些黄在脐，有些黄在蒂。人揭竿打橘，不落一果。我一探手，摘了一颗又一颗。

二〇一五年十月十日

过山嘴，从一荒路进去，缘溪行，溪水清亮照人，鹅卵石大大小小，散落岸边滩上。前方忽见人家，红瓦白墙，阳光大好。人忽然腾空而起，飞至半山。

二〇一五年十二月十三日

山顶平坦，秋草焦黄色。黑鸟一大片，如丈匹之布，扑地而来。露水清凉，扫在脚上，抱着孩子，顺田埂走。前有一尊庙，人说是五猖庙。入得庙前，神相金灿灿发光。

二〇一六年二月二十二日

屋子不大，不整洁，也不凌乱。一床一桌一椅一柜一箱。四周有古玉，商周春秋战国秦汉，形状不一，沁色丰富，或璨璨其华或形色暗淡。一女士埋头作画，一先生把他的作品给我看，宣纸上山水花鸟跃然。

二〇一六年二月二十五日

山石耸峙，攀援其上。山下流水湍急。

二〇一六年三月一日

山忽然起火，火极大，焰烘烘直上云头，天地一片光明。

二〇一六年三月十六日

早晨，幽暗的房子，三人坐一起聊天。叶圣陶先生慢悠悠说着话，九十几岁的老人，身穿夹袄，布扣子扣得紧，头直立着，白色的长眉轻扬。话毕，一起吃饭，叶先生的女儿出去了。请叶圣陶在印有王叔晖《西厢记》插图的笔记本上写字，黑色的钢笔一顿又一顿，颇吃力。

二〇一六年七月七日

石阶蜿蜒，一边是杉树林，一边是园地，种着花生、麦，还有青菜。石阶上放有三块玉佩，用绳系着。

二〇一六年七月十四日

山水自上而倾，石上斑斑青苔，一跃而起，飞至半山腰。得一马，极肥硕，枣红色，皮毛柔顺，人骑马上，无鞍鞯无辔头，徐行缓步。马忽作人言，与其谈笑无羁，四野蓬然。

二〇一七年六月十四日

兵乱，街头四处火气。隐身一旧楼，军匪持枪而入，夺枪击倒数人，攀楼而下，遁入大荒。聚啸山林，众意难调，力毙蛊惑人心者三人。

附录：醒后懵懵，枕上忆唐人传奇《枕中记》与

《南柯太守传》，黄粱一梦、南柯一梦。

二〇一七年七月九日

入一古室，高十余丈，满壁皆书。逐一检阅，见清刻本《随园食单》，并有木刻版无数。

二〇一七年八月十六日

北上返家，行囊里装满书，两包，一包一提。有人走来，自携书三本，赠我一册《白鹿原》。

二〇一七年九月二十日

大水肆虐，到处汪洋。水过去，楼塌山崩。那些书倒在废墟里，雨过后，还有能看者，未全遭水厄。

二〇一七年九月二十七日

屋后大片的竹林，面色黝黑的中年人以弯刀刮竹皮，款款而食。

二〇一七年十一月二日

海水倒灌，一片汪洋。不知人在哪里，似无肉身，俯瞰一切。

二〇一七年十一月三日

那些墨猴小拇指大小，纷纷跳到身上，甲虫也跳到身上。

二〇一七年十一月二十二日

书生背后一铁皮柜，铁皮柜里有书，放满盗印的小说集，铁皮柜外挂满了字，墨色灿然，书法肥厚，有魏碑气。

二〇一七年十二月二十日

长椅上坐着一着象牙黄色衣服女子，面容沧桑，她是我的旧友G，欲前有止，终做陌生人。

二〇一七年十二月二十六日

古井幽深，早已干了。井下有河，入井潜入水中，豁然见井底一村落，一条河环绕四周。屋舍俨然，都是老房子，盖着灰扑扑的瓦。街巷阡陌，人往来熙攘，屋檐下挂有玉米、高粱之类，几个老人端坐，貌奇古。人皆不语，我也不语，只静静站河边看着。

二〇一八年一月三日

水稻一尺高，碧油油。我们从田边走过，田里的秧水一脚深。走着走着，水田幻化为池塘。吃饭的时候，我从餐盘里选了荷兰豆、蛋炒饭。

二〇一八年一月八日

一只鹦鹉在床头，欲飞之际，兜起被罩拎起。

二〇一八年二月十七日

旧手枪，灰灰的，开枪击倒四周匪徒数人，枪口一丝青烟袅袅。

二〇一八年二月十九日

故家山嘴有小路，路上摆有书摊，人熙攘翻阅。中有《金瓶梅》三厚本，我席地坐读，上两卷为木刻影印版，插图皆所未见者，下卷为横排铅印本。

二〇一八年二月二十一日

上下皆混沌，如盘古之前，与一灰衣男子谈文论艺。

二〇一八年九月十四日

一炮跌落山谷，火起，浓烟滚滚。烟火如巨浪，摧枯拉朽，山石树木颤动，人卧在一石墙后，毫发无伤。

二〇一八年九月二十二日

一屋漆黑，上下左右一片黑，以水洗手，流水亦黑且黏稠，人行过，足底沾湿。

二〇一八年九月二十七日

山苍茫着，却又极葱郁，满野古木。人在岭上，见得那山脉如龙蛇逶迤，跳起腾空而飞，忽高忽低，飘飘荡荡。眼底有一江，水茵茵绿绿的，江岸悬崖峭壁，人飞过，至一坡落地。

二〇一八年十二月二十六日

瓦屋泥墙，是少时邻人的旧宅。歹徒入内，以石子互掷，伤人无数。

二〇一八年十二月二十九日

岛上，远去是灌木丛，天气阴，不知身在何处。二人信步而行，来到一座山崖前，上有岩洞，内铺一地稻草，可栖身。人在洞口喃喃自语：此地来过。复向前，在一石栏上俯身入睡，须臾梦醒，时间过去了七年。人坐着,狐疑自己入了烂柯山,当真是天上一日地下七年耶。

二〇一九年一月十三日

一块白玉,洒金皮,水流洗而过,越发洁润,印章红漆漫漶难识。

二〇一九年一月二十九日

驯兽师世家。一声令下,百兽归笼。老虎迟疑不入豰中,咆哮有伤人意,与家人取圆木以阻隔,那虎倏而变成了狮子。

二〇一九年二月十日

木柜里取一只描着青边的白瓷碗吃饭。穿过厨房,菜以盆盛装,凉拌木耳、油煎豆腐、粉蒸肉,肉切成大片,油润润的。

二〇一九年二月十二日

人在河对岸说话,侧身腾空而起,绕河飞行,轻悠悠如气球飘荡。清风拂面,清爽怡人。

二〇一九年二月十三日

与友人一路散步，走过在建的房子，沙与砖散落一地。复前行，经过稻田，浅浅的水映着白光，踏步而过，无数蝌蚪跃起在脚踝边。

二〇一九年二月十四日

路边鼠麴极嫩，茸茸绿意，掐了一棵又一棵。

二〇一九年三月二日

一屋子红色的金色的"囍"字贴在松木课桌上。

二〇一九年三月三日

人在田野，四周光明。光明照过无边世界，山河灿然剔透，河水天空树木花草石头亦灿然剔透，万物如琉璃，内外清澈。

二〇一九年三月二十一日

醉翁亭记

二〇一八年八月，友人问：愿赴滁州一游否？欣然从之。中秋后第五日晨发滁州，正午时访琅琊，徐行进山，触目皆绿，人在树下，头脸也映得绿了。不亦乐乎，不亦绿乎。

墨分五色，绿何止五种？肥绿浓绿深绿苍绿淡绿嫩绿青绿翠绿薄绿，眼前还有无名绿，姑且称为琅琊绿。古木深秀，水石森然，旧痕陈影斑斑。

日出而山白，日落则林深。亭间清坐，饮茶一杯。山水之乐，得之心寓之酒。山水之乐，得之心亦可寓之茶。默诵醉翁诗文，撷山水亭台意气，天地辞章之性灵陶陶然而来。

醉翁亭北宋始建，数番兴衰，游人更不知几回回叶落山黄。风出山岚，移步徘徊，通体沁凉。枫枝抹红，片叶知岁。山风吹来，有拂面秋气。一蝉跌落足边，疑为秋气所伤。吾生须臾，唯山青水绿未有穷尽，此人生长恨。

亭外逸梅一株，欧阳修当年手植，苍苍亭亭，隐隐宋人草书笔意。树比人活得长久，文章又比树活得长久。心摹碑刻墨迹，以手书空。人生三不朽，大如意，却是诸事不立，无咎无疾。

到家近半夜，有客来赠石榴、柿子。二人把酒微醺，醉汉敬醉翁，今人慕古人。醉翁亭内一片清凉忽上心头，是文气，是醉意，是山色，是水纹，是风声，是树叶之秋，是泉亭之美。

小石潭记

两侧峰峦束拢出一河，水自山石间淙淙而下，倾在潭内，像一条白练。左边片石经山水千百年冲击，磨洗得平整明润如玉。

壁后有桃树，虬枝似苍龙悬空。桃花正开，灿若云霞。一阵风过，惊得那桃枝一颤，几片花瓣脱枝悠悠飘飞，轻悄悄落至水面，随波旋流，荡浮而去，引来几尾小虾尾随。

水明莹泛绿浅，目力可达潭底，小石黑白灰麻，累累如卵似珠，游鱼自适。以水洁面，轻呷一口，水线滑过，但觉身体清凉透明。山中无他音，唯风声水声鸟声。静坐岸边，一时松风水流鸟鸣交相入耳。

此地名为桃花潭，在岳西境内。秋日追忆二十年前乡景，记得此文。

二〇一八年九月三十日，合肥

湖心亭看雪

连日大雪，四野一白，叶子落了，枝头积雪肥硕。忽起游兴，乘舟独往湖心小亭。船行破冰声不绝，冷风相随。以手抄水，凌冽刺骨，丝丝凉意自手指猛窜臂间，忍不住打个寒噤。天空红黄铅白各色错杂，一鸟飞至水面盘旋俯视，并无所获。

湖心风渐大，雪簇簇滚落，冷飕飕寒意逼人。吃热茶、蚕豆、烤鱼，方回暖意，解缆归舟，桨音寂然，行向茫茫烟雾，如游天上，混混沌沌，如痴如醉亦如梦如幻。人生到此，与万物一与天地合，不复有我。二〇一八年十月一日，录此旧影。

人来不惊

　　山清凌凌只见秀色，不见草木。车走在晨光中，一步步腾挪，山一路上下相随，像抻开明清工笔山水手卷。那山高低不一，起伏数寸而已，绵延不知长短，不知首尾。秋冬之交，叶落树萎，有露珠挂在枯枝上。柿叶衰败，柿子却葳蕤肥硕，喜气盈盈。喜鹊也肥硕，从容啄食，人来不惊。

　　　　　　二〇一八年十月三十日，北京

还神汤

古人多有闲情，充塞胸中，为诗文，为小说，为书画，为兵家，为纵横家，天地有闲情。故史书里有闲情，诗书里有闲情，评书也不乏闲情，攻城掠阵、安营扎寨皆为闲情。

近来文气枯竭，今日偶得一片闲情，写出两篇小品。小品之心，到底闲情。文章画龙，闲情点睛。作文不过刻意闲情。游永州柳子庙，见"都是文章"牌匾，都是文章也是刻意闲情。闲情是我的还神汤。闲生静，静有神。

二〇一八年十月三十日，北京

废 园

枯叶满地，枝头一空。天气阴沉晦暗，芦苇顾影颓然，残荷亦颓然。绕湖堤漫步，风行水上，忽觉出寒意。草地上黑影一点，瘦石也。瘦石上黑影一点，乌鸦也。那乌鸦也有黑影一点，顾盼自得。众鸟自树间跃下，从容觅食，不惧游人。

园为圆明园，随行者皆索然，觉得冬日废园无味。废园之美在废，废到极处，生机出来了。游废园，借此感触生机，可谓此行之得。

二〇一八年十一月十八日，苏州

人的影在水底浮动

季节是初冬了,不那么冷,还是秋爽宜人的感觉。明洁的天气,没有风没有云,晴好朗日。池中有残荷,岸边堆满凌乱的石头,苍耳子开始衰老了,头面峥嵘。疏林秋草,野逸无华。黄菊、青松、翠竹、紫苏,超然物外,仿佛闲云野鹤。野鹤很多年没见了,闲云一黑,压在山头。

池塘浅了,湖水退下去,旧痕里有新愁。

水边很多人,男人女人,年老的年幼的。清澈澄莹的一湾水,天上的白云在水底浮动,人的影在水底浮动。

二〇一八年十一月二十二日,合肥

前世一天夜里

月亮上来了,人在山脚,月在山头。人在树下,月在枝丫。人走月也走,人停月也停,朗朗的。

几个人在山村夜行,一间草房子寂寂独在。青油灯的光透过窗户,昏黄亦如月光,远村有犬吠,再无别音。

草房外有树,屋顶隐隐可见落叶。橘子干枯挂着,香橼依旧饱满,不辨其色,累累垂垂不知几何。

草间虫起,愁烦俱消,浊气尽去。将马系在树上,仰天长啸,啸声直达云霄。宿鸟惊飞,月下轻影流离。

二〇一八年十一月二十三日,合肥

见到了佛牙舍利

三祖寺去过几次，佛牙舍利第一回看到，灰褐颜色，约两寸长，呈弧形。隔了玻璃，精致纹路依稀可见，自有庄严。这是佛的圣迹。圣迹是鸡零狗碎里的光芒，人见了是要拜的。

此佛牙舍利掩埋地下几百年，我庆幸能见到它。圣迹应该有人为它焚香，顶礼膜拜。人敬神敬佛敬圣，敬的也是自己，人生有敬意是精义。

寺里僧人领我作拜，说向佛许愿吧，我心说，但愿万事如意。人活在世上总是欢乐太少，烦恼很多。人生不能如意，那就求一个如意多一些如意。

佛并不能有求必应，人求佛其实也在求自己。肉身求心魂一个安妥，心魂求肉身一个健康，吉祥此岸的人间岁月啊。

二○一八年十一月二十五日，合肥

大孤寂

　　秋日去司空山，夜行回客舍。夜气上来了，雾气上来了，夜气与雾气莫辨。月也上来了，肥硕丰满的一轮月，挂在山顶。

　　月夜看山只有剪影，那剪影巨大莫名，笼罩前方。山风微凉，吹来秋草枯萎的气息，吹来白菜萝卜的气息。几声鸡鸣自农舍而出，忽然觉得孤寂。一百年的孤寂，一千年的孤寂，一万年的孤寂，亿万年的孤寂。沧海桑田，人生刹那，山影与月影不老。

　　　　二〇一八年十一月三十日，合肥

迷　雾

遇见了极好的雾。雾似迷，迷如雾，迷雾也是雾迷。人在雾中行走，迷蒙中不知来路不识去路，随脚而行，觉得处处都是路。山间松姿或虬虬或曲曲，长短浓淡不一，自有仙风，峰岚隐隐如莲花圣地。先闻人语，再见人影，近看彼此眉眼皆有露雾意，不禁相顾一笑。

二〇一八年十二月二十二日，岳西

见 雪

　　雪一朵朵自天而落，将人淹没。熙熙攘攘，忽而喧哗，忽而安静，忽而有我，忽而无我。抬头，雪繁密如星河浩渺无边，不见尽头，顿生凉意，自脑际而生，胸次而生，脚底而生。

二〇一九年一月九日，合肥

群狮心惊

突然想到。

象群走过,群鸟乱飞,四散而去。太阳缓缓落下,鳄鱼张大嘴,苍蝇嗡嗡其上,泥腥气与血腥气融在一起,群狮心惊。

二〇一九年一月十五日,合肥

得神像记

二〇一九年正月初四,得观音立像一尊,高逾二尺,黑檀所造。不知工匠何人,入眼是南方气象。南方气象是水性,婉约纤细,北方气象多土性,苍茫混沌。

神赤足立于莲上,面目姣好、庄严,俯视前方,慈悲平和。"大慈与一切众生乐,大悲拔一切众生苦",人生多苦,但求吉祥。

过野村所见

众人过得民舍，忽入杂木林。一只松鼠咚然滚落地上，骨碌爬起，纵身隐于树后，再不见踪影。池塘边油菜开花了，水里一片花，地上一片花，眼里两片花。更有老树虬枝探入河潭，花千朵万朵，有红有白。水中和枝头同时开花，一朵化为两朵，千朵化作万朵，顿觉春意大好。白鹭在田间或停或飞，野鸭悠游荡过石桥，阳光照下，野草无言。

二〇一九年三月十九日，太湖

游褒禅山记

褒禅山无足观，妙处在王安石《游褒禅山记》。己亥年三月二十二日，赴含山看含弓戏，再游褒禅山。天空黛色，云低而晦暗。山下新绿点染，油菜花黄，王安石所见亦如此，心下粲然。

须臾，至华阳洞，但见清流徐徐。人乘铁舟向前，局促不易转身，一水透亮，船夫拽绳而行，茫茫晃晃，潜入古事，又仿佛坐忘于传奇中，入了聊斋笔意。

洞愈深，几步一景，步步深入，不知身在何处，不见是非，更无尘世，只有曲直在前。低头侧身蹇背，路险石怒，可喜可畏，惊奇良久。

愈进愈曲，如草书草绳。两旁岩石深深浅浅平平凹凹，形态迥异，夹以黄白青红紫各色，奇怀在焉。有石像龙盘山顶，有石若鳌游水边，有石似蛙鸣林间，有石宛然梦笔生花，也有石如笋如柱如莲如兽如佛。

山泉在石间无声静流，安详恬然，软腻清凉如春衫。踩水而行，湿而不滑。水至善至柔，不较长短，所谓上善若水。石为山河之骨，虽无语，却有神，其神在坚，坚如君子，不可夺其志，不可毁其性，不可损其行。

走高爬上，如入鬼市又似仙境。鬼仙不过一念之间，存善则成仙，生恶即沦为鬼矣。

前方渐现天光，趋光慢行，出得洞口。四野春意尚浅，无鸟语无虫声无花香，但有同游者潘昱竹、凌晓星共七人，彼此怀古叹息而去。

后　记

　　想起往事。八仙桌上一盏青灯，玻璃灯罩黯淡，积满暗黑色烟灰，灯火越发黯淡，照着半部《世说新语》。夜雪初霁，月色清朗。王徽之忽然想起戴逵，令人备船挥桨，连夜前往，经宿方至，不入其门。人问，徽之曰：乘兴而行，兴尽而返。

　　好个乘兴而行，兴尽而返。文章事只在此八字。

　　乘兴一念，文章即兴，故下笔多短制。好文章一半在作者手里，一半在读家心中。廖柴舟选古文小品，序云"文非以小为尚，以短为尚，顾小者大之枢，短者长之藏也……故言及者无繁词，理至者多短调"，又说"匕首寸铁，而刺人尤透，予取其透而已"。我从之，亦取其透也。

　　袁宏道论文章得失，今时读来不嫌陈旧。说苏东坡之可爱，多在小品，仅仅是那些高文大册，岂有坡公哉？小文章比大文章好读，简洁。

　　芥子纳须弥，一千字是我的长篇。这是旧作《手帖》中的一句话。粤西有修蛇，蜈蚣能制之，短不可轻也。柴舟先生说得好："大块铸人，缩七尺精神于寸眸之内……言及者无繁词，理至者多短调。"中国文章之美正在此间。此间有真意，欲辩已忘言。欲辩的兴致已经不多了。文章的事，一门有一门家风。齐白石画萝卜白菜，凝练如明人小品，题跋更好，曰清白家风。

　　我写小品，一是古人有极简笔墨的传统。《世说新语》《梦溪笔谈》《容斋随笔》《东坡志林》如此，柳宗元、归有光、张宗子、龚定盦的短文，逸笔草草，不求形似，却有神在，也让人心慕向往。

　　在文风上，我有意写得短一点的。但不会刻意作短文。短文往往流于枯瘦，枯瘦是衰竭的迹象。长文纵横气势，短文采撷才思。长短随心自然最好。

　　近年常读竹简。中国文章有三神、铭文精神、竹简精神，碑帖精神。碑帖精神里有竹简精神，竹简精神里有铭文精神，铭文精神里有碑帖精神。

　　中国文章好精神，神游在文庙之外。

　　　　　　　　二〇一九年三月二十六日，郑州